我向岁月微低头

周蓉 著

南方出版社
·海口·

图书在版编目（CIP）数据

仅向岁月微低头/周蓉著. -- 海口：南方出版社，2025.1. -- ISBN 978-7-5501-9553-0

Ⅰ.I267

中国国家版本馆CIP数据核字第2025BB7540号

仅向岁月微低头

JIN XIANG SUIYUE WEI DITOU

周蓉 ◎ 著

责任编辑	焦　旭
特约编辑	徐媛媛
出版发行	南方出版社
地　　址	海南省海口市和平大道70号
邮　　编	570208
电　　话	0898-66160822
传　　真	0898-66160830
经　　销	全国新华书店
印　　刷	北京北印印务有限公司
版　　次	2025年1月第1版
印　　次	2025年2月第1次印刷
开　　本	880 mm×1230mm　1/32
印　　张	7.25
字　　数	133千字
定　　价	39.00元

低头与抬头

周蓉郑重地告诉我，她人生中的第一本书——《仅向岁月微低头》就要出版了，让我为这本书写个序。最初，我支支吾吾不敢答应。倒不是我有意摆谱端架子，也不是我的时间有多金贵，只是以前每次接受了此类任务，事后总会懊悔不迭——那些煞有介事的"序"，不是无关痛痒，就是破绽百出，实在令人汗颜。但她不依不饶，甚至将这件事情上升到了和谐团结的层面，我就知道自己无路可退了。

周蓉是我的同事，她的正式身份是南通市文联副编审，但平日里更多承担的是南通文艺界的组织联络工作。当然，她还有一些其他的社会身份，比如南通市文艺评论家协会副主席、南通市书法家协会副秘书长、南通市作家协会副秘书长等，由此不难看出她兴趣爱好之广泛、精力才情之充沛。这些年来，周蓉在繁忙琐碎的日常工作之余，一直坚持阅读、思考和写作，日积月累，竟凝结成《仅向岁月微低头》这部颇为厚重的文学作品集。

《仅向岁月微低头》收录了周蓉创作的数十篇作品，作品体裁以散文居多，也有少量的文艺评论和小说，其中不少篇章已经在各级报刊上发表过。这些作品题材宽泛、表现多样，生动而准确地记录和呈现了作者的人生历程、生活体验和各种思考。或描摹芸芸众生，或勾勒世相百态，或阐发观点心得……无不信手拈来，妙笔生花。在周蓉的眼里，一座城，一个人，一场戏，一本书，一种美食，一段旅程，一道风景，一次离合，一刻冥想……都可以像花儿一般恣意绽放，像星光一般摇曳闪烁，进而幻化成一篇篇活色生香的文字，读来别有一番滋味和意趣。

周蓉的文字不施粉黛，亲切而自然，这大概缘于她自由、放松的写作姿态。她的作品中描述的许多场景和情境触手可及、真实可感。尤其是那篇写她祖母的散文，作者所流露出的那种孩童般的率真，简直令人忍俊不禁。都说文如其人，此时在她的身上便得到了充分的印证。不过，也有令我意外和诧异的时候，比如有几篇赴外采风创作的散文，其中涉及的某些地方我也曾与之同行，但作者留意和关注的一些事物，于我而言却好像没有太多印记。于是我就想，周蓉是善于捕捉生活的，她那看似有点"粗枝大叶"的外表下，掩盖着的是怎样一颗敏感的心啊！

回想周蓉最初发来《仅向岁月微低头》书稿时，我曾一度疑惑作者为何要取这样一个书名。其实，一本书不管取个什么样的名字，都犯不着大惊小怪的，只是巧合的是，就在不久之前，周蓉刚编辑了南通书法家、作家杨谔先生的一本专著——《不肯低头在草莽》，书名里也包含了"低头"二字。一个是"不肯低头"，一个是"微低头"，这就有点意思了。这里面是不是暗合了作者的某种人生信条，或者表明了作者的某种生活态度？我不敢妄加揣测。后来翻阅书稿时，我发现其中有一篇散文的标题就是"仅向岁月微低头"，心里不禁一阵窃喜，幻想着能够从中窥探出一点蛛丝马迹。

我的幻想很快就被击破了。这篇《仅向岁月微低头》的散文主要写的是作者初到文联工作时的一些印记和感受。那时候，文联的老房子需要修缮，新房子还在建设，只能临时租借南通博物苑里的一幢小楼办公。房子虽然其貌不扬，甚至有点陈旧简陋，但所处的环境可圈可点。作为历史上的"人民公园"所在地，小楼周边草木繁盛，鸟语花香，还有多处历史人文场馆点缀其间，说是一处诗意之地并不为过。周蓉在这里工作了三年多，有些别样的经历和情愫也在情理之中。只不过，当我一遍遍翻检作者的文字时，字里行间除了满满的怀旧和依恋，着实找不到和"低头"相关的只言片语，这让我心有不甘，却也只能悻悻作罢。

意外的收获总是来得不动声色。正是缘于这篇文章的牵引,我也跟着作者穿越到了那样的时空。2013年的秋天,我做了一次艰难的人生抉择——从医疗行业调入文联工作。也正因为如此,我比周蓉稍晚一段时间走进了那幢普通的小楼。人生之旅骤然"另起一行",有"惊起一滩鸥鹭"的兴奋,也有"误入藕花深处"的怅惘。弹指间,十多年倏忽而过,文联机关也早已从博物苑搬迁到了新建的"文艺之家",那段岁月里的一些人和事亦随之渐渐模糊。而今,是周蓉的文字唤醒了我沉睡的记忆,恍惚中我竟有点"此情可待成追忆,只是当时已惘然"的矫情了。

是的,我想起了那幢小楼上我曾待过的办公室,一扇绿漆斑驳的大门刚好和周蓉、李慧办公室的大门相对,她们闪进闪出的身影常常跳跃在我眼前;我想起了小楼前面的那棵梧桐树,壮硕的枝干直伸我的窗前,风乍起,树叶沙沙作响,偶尔飞来几只喜鹊或麻雀,总是一副欢天喜地的样子;我想起了暖阳下那些孜孜晨练的人们,其中有一位老太太,年逾九旬的她精神矍铄,几乎每天都来晨练。有一天,当我们又一次在走道上"狭路相逢",老太太忽然张开了手臂将我拦住,进而神色庄重地对我说:"小伙子啊,走路的时候,头要抬起来,腰杆挺直了!"面对老太太一脸的认真,我不禁哑然失笑。人到中年,一声"小伙子"的称呼让我多少有点心虚和尴尬。但只在一瞬间,我的内心便被一股暖流裹挟。想想看,一位素不相识的长者,猝不及防地对你发出了如此善意而直接的提醒，你又怎能无动于衷呢？

哦，低头！哦，抬头！

如此看来，周蓉的这篇散文，连同她这部同名的文学作品集，竟神奇地呈现了一种"此处无声胜有声"的功能。想想也是，"低头"和"抬头"，何必要在文字中寻求具体的依据和解释呢？它们时时刻刻充溢在我们的生活中，流淌在我们的生命里。前路漫漫，人生充满了无限可能，既然我们难以预测自己的未来，那就心平气和地接纳命运的安排好了，无论是坦途还是险滩，无论是戏谑还是馈赠。

低头，未必就是屈服顺从，也可能是在默默赶路；抬头，未必就是自信自负，也可能是在寻找方向。芸芸众生，万般姿态，谁能说得清什么才是生活的真相？读一读《仅向岁月微低头》，有一点大概是可以坚信的，无论是"低头"还是"抬头"，只要能够遵循内心所指，生命就已足够丰盈。而我们用心感受了这些，用笔记录了这些，这或许正是文学生生不息的某种理由吧！

中国作协会员，江苏省作协主席团委员，南通市作协主席

储成剑

目　录

味道 / 1

春天般的姑娘永远不会老 / 5

你叫什么名字 / 9

她们 / 12

有多少爱可以重来 / 16

独家记忆 / 20

何处是归程 / 24

你仍是男主，就好 / 29

请你陪我去看海 / 33

相见不如怀念 / 37

小小太阳 / 41

一群瓦的生活 / 45

只是你不知道 / 49

致我亲爱的姑娘们 / 53

春风行过，大地知道 / 57

此致，敬礼，蒋公子 / 61

饭局 / 65

击壤歌 / 69

仅向岁月微低头 / 73

可以写那么多人，唯独写不好你 / 77

路痴的哀与愁 / 82

少年丁康 / 85

我想认真地虚度时光 / 89

茶语 / 93

春天里 / 96

黄金年代 / 100

闪亮的日子 / 104

我的城 / 108

湘西小记 / 112

养花记 / 117

春风可期 / 121

汉中四品 / 125

十年 / 133

十年一觉荒凉梦 / 137

我来是为看 / 141

终将消失的爱恋 / 145

小区生活秀 / 148

写给我们 / 152

镇远一夜 / 156

祝福 / 161

周老板 / 165

甘肃行记 / 169

西藏日记 / 174

桂英姑娘 / 183

"四代女团"出行记 / 189

可我爱所有的桥啊 / 193

笔到眉低处 / 198

我想跟一座山说抱歉 / 204

春到人间寂寞知 / 209

味 道

想念一座城市,会以什么样的方式?

离开重庆将近5年,经常会做相似的梦,小巷深处,热闹人家夹杂的小面馆里,明明快要吃到那碗炸酱面,却总是令人扫兴的即时醒过来。

那时在学校,我总是每周必去一次那家名叫"无名"的小面馆。在纷扰却整洁的小屋子里等着老板喊一声:"小妹儿,二两干炸面!"他家自制的炸酱鲜香麻辣,浓郁且丰富,总是不吝惜地铺满在面上。你若不吃完,老板会很不高兴,仿佛你小觑了他的手艺。

毕业回来的这几年里,为着那个总是没有结尾的梦,我尝试着吃过无数次的炸酱面,却总能找出一千个不满意的理由。

是味道吧。就是那种无法复制无法超越的味道。舌尖一旦碰上，此生再难忘记。千里万里的距离，就这样生生将它供奉成了经典。

很多年前，听辛晓琪的《味道》，她唱："想念你的笑，想念你的外套，想念你白色袜子和你身上的味道……"那时的自己十四五岁，对人生充满种种无理由的莽撞和泼辣的想象，连爱情都认为必定只关声色，无关气味。多年后回想起当初曾经喜欢过的一个男生时，最先想起的却总是他身上淡淡的烟草味。

同样写失爱的情绪，听李佳薇的《煎熬》，听她用逼人的声线唱起失恋后的种种，浑身烧起撩人的大火，痛苦惊天动地。这是典型的现代失恋症，情结占领了一切。

可我还是喜欢辛晓琪的《味道》。总要经过岁月的历练，才明白有些东西看似不动声色，却远比声嘶力竭来得更为扎人心肠。在对爱情的回望中，味道也许要比情结来得更深刻。那是沁入骨肉的烽烟，一旦点起，熊熊不熄。

儿时喜欢吃一种麦芽糖，很大很大的方块，颠簸在小贩的后座上。用一些塑料制品就可以换来一小块儿。甜腻得粘牙，却还想吃。和夏天的熊猫、冷狗一样，成为日常生活中难得的奢侈盛宴。

后来在四宜旁边的桥上，看到了白花花一大片的麦芽糖，阳光下闪闪的都是诱人的模样。赶紧买上一块儿，仍旧是黏牙，也甜腻，唇齿间却再难觅到幼时的芳香。

那一刻，甚至后悔重新尝了它。

有时会不经意间想起一些人，因为一首歌，一道风景，一句相似的话，有时，仅仅因为一种味道。比如想起初中时一位美术老师，就只能记起他身上好闻的草珊瑚的味道。他的面貌都已经模糊了，可这从不妨碍我记得他经过身旁时的味道。在好长的时间里，这种味道曾吸引我一度非常喜欢买草珊瑚牙膏。

普鲁斯特爱吃一种"小玛德莱娜"的糕点，会在某个平静的午后感到内心深处有什么东西在浮动，一路发出汨汨的声响。味道的力量如此强大，强悍到千钧只系于一发，只需轻轻一勾，回忆的潮水就如排山倒海般涌来。

所以，有时人会固执地守住一些习惯，只因为相信那些过去的人和事的气息都湮没在这些物件和动作里。不换，不变，气息就能这样永远地萦绕下去。我看《雷雨》里的周朴园，他从不允许开当年侍萍住过屋子的窗户，也不允许移动房间里的家具，为的是想那三十年前的气息能再久地萦绕一会儿。这个人纵有千般不是与虚伪，至少在这里，总还有一点真心。

我的同学九月邀请我这个国庆去重庆，说要好好地再尝一尝正宗的重庆火锅、毛哥老鸭汤，还有诸葛烤鱼。只是我心里一直存着一个念想，一定要再去一下小巷里的那家面馆，看老板能否在五年后再认出我的模样，爽利地喊一声："小妹儿，二两干炸面！"然后我终于可以和我念叨了多少日子的味道欣然重逢。

只是，如果我再吃不出睡梦中的那种味道呢？是不是该怅然地叹一声："啊，我终于失去了你，在和你真正重逢后。"

味道和岁月一样，都是一把杀猪刀，它会将以往粗粝的记忆一遍遍地打磨，直至光亮圆润，最后就如豌豆公主般娇贵起来，一点点的瑕疵都能生生地显出与内存的不相容。

也许，不再尝试是保留记忆的最好方式。为此，我竟有些纠结起来，倘若再去重庆，我要不要去吃一碗炸酱面呢？

春天般的姑娘永远不会老

女人

但凡女艺人,容貌的变迁几乎无外于三种模式,有的年轻时娇娇滴滴一枝梅,老了,用残忍的话来说,颓败得无法直视;有的任凭风吹雨打岁月不惧,少女模样;第三类是年轻时不怎么年轻,过了十年二十年,回头一看,眉眼的青春居然还在。刘若英该是如此吧。

小镇上长大的孩子对外界热闹的感知总是比大城市的慢好多拍,当我看到她的《为爱痴狂》MV时,距离她的首唱已经过去了多年。MV里,她穿着简单的白衬衫,剪着同样简单的短发,笑吟吟地问:"想要问问你敢不敢,像我这样为爱痴狂……"这个姑娘的美是那种不惊艳的,没有杀伤力,有着春天般的温润亲切,是可以让人接近的小清新。那时的我,一心想成为一名文艺范儿少女,刘若英的出现为苦苦寻思的我提供了一个可以借鉴模仿的范本。终于有一天,我走进理发店,要求理发师为我剪一个刘若英在《为爱痴狂》MV里的短发造型。她那个发型,我一直深深地以为,必定直白、简单、易操作。

没法描述我剪完之后看到镜中形象时的沮丧和懊恼。说好的白衣美少女呢?说好的文艺小清新呢?我是在那一天回去的路上,从我惨痛的理发经历中琢磨出了一个真理:永远不要试图比拟明星造型,如果你不白不瘦不小脸的话。

模仿她的造型失败了,但我开始喜欢上了她。那时候,她已经凭出道电影《少女小渔》获得亚太影后,她唱了同样很红的一首歌《很爱很爱你》,她在《人间四月天》里扮演了张幼仪。那时看剧,总觉得她的神情里有一种天然的隐忍和坚贞。据说她跟周迅在拍戏时曾入戏太深导致抑郁痛哭。看她在剧中对徐志摩的爱与不舍,放弃与成全,直至自我的奋斗与升华,一步步惊叹于张幼仪的不朽传奇。直到后来才明白,这其中,大概也浸淫了太多刘若英自己人生的甘苦与感慨吧。她与陈升之间,有太多无法说出口的关怀和承诺。但最终发乎情而止于礼,因为陈升已有婚姻,所以她才会唱"很爱很爱你,所以愿意不牵绊你,往更多幸福的地方飞去"。因为陈升的拒绝,我无比地欣赏这个男人。当年也曾对暗恋的一个男生表白,男生说:"对不起,我已经有女朋友了。"我痛哭流涕又满心欣慰:"谢谢你拒绝了我,让我知道我的喜欢有所值——因为你不搞暧昧,有担当。"所以,刘若英,你该实现更好的自己,遇到更对的人。

后来,她推出了更红的一首歌《后来》,她的声线一如既往的清澈,认真地咬字,像讲一个故事。起承转合都具备了,有情节有氛围。关键,是有忧伤的结尾,轻易地就激荡起你内心的小情怀。最难忘的一次是在大学校园里听见这首歌。5月初夏的夜晚,满校园的花香与月影齐齐荡漾,在图书馆前面的电子屏幕前,无数年轻的头颅轻轻扬起,看刘若英站在《同一首歌》的舞台上,带领全场大合唱:"后来,我总算学会了如何去爱,可惜你早已远去消失在人海,后来,终于在眼泪中明白,有些人一旦错过就不再……"我的身边也一片应和。短暂的刹那,无数的人清空了思绪,重新摩挲起笑中带泪的爱情往事，隔着光阴，无望惆怅地怀想起那段不会再来的少年时光。那个夜晚，只记得花香在安静地游荡，我和无数人一起，深深地湿了双眼。

　　这些年，我像她一样，只剪适合自己的发型，穿适合自己的衣服，做适合自己的事。关注她的新闻，像关心自家姐姐似的焦急："怎么还没嫁出去的呢？这么好的姑娘！"2011年的时候，她参演了林奕华导演的话剧《红娘的异想世界之在西厢》，开场第一句台词是"我想我可能真的嫁不出去了"，一时间，台上台下，剧中剧外，几乎浑然一体的神伤。还好，忧伤终逝，喜剧到来——不久，她终于结婚了。婚后再演时，台词一出，台下观众中传来善意的笑喊声："你骗人。"能与观众有如此甜蜜的互动，多么珍贵。

　　这个春天般的姑娘总也不显老，岁月只给她更添了芳华，真好。一位朋友即将从美国学成归来，问我要带什么，我将节省了半年多的钱打给他，说给我带块雷达表吧。他问 why？我说，因为是刘若英代言的啦。

你叫什么名字

几年前,刚到单位报到时,需要配置新电脑,办公室为我请来了与单位长期合作的小葛。他进门后,看我两眼,问道:"你是那什么中学毕业的吗?"我很诧异,一交谈才知道,我们竟是初中同学。可我耗尽了全部的脑汁还是没能回忆出他的名字。这种感觉很是让人尴尬。问了同事,又问了几个老同学,都无法给我答案。于是这几年,每次和他碰面,我只能应酬地喊他:"葛总来了,哈哈……"这种叫不出姓名的结果直接导致了我根本无法坦诚地和他一起回忆我们共有的初中时光,我真怕他蹦出一句:"你知道我叫什么?"

到机关工作后,我很快就自动且自觉地将与外界联系时的自我介绍,从"我叫周蓉",换成了"我是小周"。而我办公室的另一位慧小姐,则变成了"小李"。日子久了,某天我们心血来潮,罗列了一下常联系的人中估计能记住且能分辨出我俩的人员名单，大概也不超过10个。后来某一日，名单当中的一位到我们办公室，直奔慧小姐桌前，急切地问她："小周，你知道李慧去哪里了吗？"他走了之后，慧小姐的脸黑了许久。我起先也很悻悻然，但很快就自娱自乐起来，翻出看过的一本范小青的短篇《名字游戏》，扔到慧小姐面前："想开点吧。小角色的际遇就跟这小说中的送水工一样，别人喊你小王小李，其实跟喊小A小B没多大区别，只是表明他需要对你有个称呼而已。"

试想一下，写过《名字游戏》的范小青，别人会在下次见面时望着脸期期艾艾地喊她"黄蓓佳"么？想来应该不会。王菲在微博潜水多日，偶尔跟帖说个冷笑话，粉丝都能从语气的起承转合中推断出她的存在。至于那些前来调研视察莅临讲话的领导，想让人忘记他的名字和存在都难。说到底，一个人达到什么样的位置和高度，名字就有多大的影响和辐射力。即便你叫"张三"也不打紧，照样能让人慨叹："'三'取得真好，有一生二，二生三，三生万物的大智慧啊！"

可是人生中让人难堪的似乎又不止于此。某次一大型文艺表彰活动结束，我捧着一大堆材料往回走，身后有人喊我的名字——后来知道是名字——我浑然不知，继续朝前。直到身后那两人忍无可忍，大喊几声"小周"，我立即回过头去，晚报的朱老师和青年作家马国福朝我抱怨："喊你很多声，你都听不见！"

那天晚上回家路上，我没有听歌，沉默了很久，心中很是怅然，莫非浸淫日久，我竟已习惯没有全名的称呼，竟也安然地做小A小B了吗？

至于我的那位"葛总"同学，至今我也不知道他全名叫什么。或者其实我也并不特别想知道。这跟很多人其实也并不在乎我叫什么一样。一个人的名字能让人记住，固然离不开它本身的新异，或是他人的记忆与修养，也与他自身的角色与际况不无关系吧。想记住的自然不会忘记。那么对于我等平凡人而言，与其纠结于别人记不住你的名字，倒不如沉下心来，做出一番成绩，让人忘记你都难。要不然，就呵呵一笑，无挂碍，无拘束，闲便入来，忙便出去……

她们

仅向岁月微低头

内修

楼下的过道里总是坐着两三个老太，每天的聚会几乎是必然，尤其在夏天的清早和傍晚。

在这栋楼里住了七八年，我仍然不大喜欢多和人说话，开门出去，关门回家，不探究别人的秘密，也不想让别人知道我的生活。这些年来，几乎是这楼下过道的三俩老太组成的唠嗑小集团，成了我知晓自己生活的这个楼层故事的信息来源。

我不习惯在有人群的地方仔细端详别人，所以，即使此刻要在脑海里找出一些词儿来形容那几个老太的相貌和穿着，我都觉着很迷茫。她们都是很家常的打扮，坐在小凳上，将自己知道的信息一一进行交流和传播。她们中气十足，那些我模糊知道的住户以及另外的一些人和事，就顺势传到二楼我的窗户里。我通常用她们的和声来训练自己的耳朵迅速分辨出谁是谁，这几乎成了我独自在家消遣时的小小乐趣。

当然，有时她们也会压低了声音说话，每每此时，我的内心几乎都充满不光明的窃听欲。又会在说谁呢？我也曾是被她们说的对象之一，我通常下楼上班时总会碰到她们，笑着打声招呼后，身后的评论便紧追进我的耳膜，小小的私语："嗯，个子还蛮高的，腿有点粗呀……"我赶紧疾走，尽快消失在她们的视线里。

每当那时，我对她们，简直就是畏惧。

所以，很多时候，我情愿一边喝着水，一边趴在窗口看我对面的二楼。通常也会看到另一个老太的面容。她的个子矮到刚好在窗口露出脖颈以上，她的房间和我对面，我经常拉开窗帘就能和她对望，我是在看她，但我并不清楚她是不是也在看我。

她只是站在窗口，双手趴在窗沿，好半天，缓缓变换另外一个角度。有风的时候，会吹起她几缕灰白色的头发，她从不用手去整理，只是专注地看着她在看的外面。其实，她又能看到些什么，她的前面和左右，无非是墙，或者窗户。我会有些小小的好奇，她所以为的风景又会是什么呢？

我一直以我的近视和她对望了大半年，直到有一天我戴着眼镜看窗外，才看到我对窗的那个老太，看的是我楼下的唠嗑老太群。

那时，我才真的看清楚了她的面容。她仍然双手趴在窗沿上，看着她对面的楼下过道。她孩子似的张望着，带着眼巴巴的神情。过道里的交流一如既往的热烈，可是，那些热烈的气息她掺和不进去。只是两层楼的阻隔，她却只能用看的方式来表示自己的羡慕或者期望。她独自一人的萧索，衬得楼下的那群老太时光倒流般的青春起来。

她从没有认真看过我。我之前所以为的她和我一样享受着独自的安静时，于她而言，可能却是寂寥。她所向往的那个世界，近在咫尺，却好像从未能靠近。

我从来没看见过她的儿女出入在那个房间里，甚至楼下的那群老太，也不见儿孙绕膝。所以，她们用了各自能选择的最大方式消遣着年老后的一天又一天。那些七零八落的消息交流，岂止是拉杂别人的故事，更多的，原来是对抗孤独与衰老的武器。能坐着聊半天，也已将生命的余烬又呼呼地吹了一小把。能看着，能走着，能说着，总还能证明她们对这个世界的热情与参与。

后来，若是双休，我下楼倒垃圾，居然也就能自然地站一小会儿，和楼下的那群老太聊几句，她们衷心地笑着，夸我今天穿的衣服真艳，真好看。我一一回报以微笑，然后暖暖地上楼。

只是，从此，我更加胆怯于看对面的窗口，那样的眼神，是我现在新的畏惧。

有多少爱可以重来

又是世界杯了，对于已不看球好多年的我来说，现在的状态连"伪球迷"都算不上了，我甚至还得向身边的人打听，现在当红的球星有谁啊？这种无知的热情显然不招人待见，于是默默地翻报纸，看网评，英格兰回家了，西班牙再见了，葡萄牙也饮恨离场了，世界杯的赛场最不缺的就是荣光和落寞，它们往往齐肩并立，如影随形。还好，法国队仍在。其实法国队仍在与我又有何干？我甚至叫不出现在法国队任意一名球员的名字。我惦记的，其实是2006年的那场世界杯，那时候的法国球场大咖——齐达内。

那时候的足球江湖，要论中场的王者，非齐达内莫属。看不懂他的天外飞仙没有关系，不明白勺子点球如何踢法也没有关系，重要的是，他就站在绿茵场的中央，霸气四溢，舍我其谁？尽管他的背总有些微驼，几乎还是个秃顶。那一年，贝克汉姆也正当红，可我偏爱齐达内，对他的爱覆盖了万事万物。我崇拜地看着他站在场地中央，眼神凌厉，脚法精准，指哪踢哪，对球场上的一切有着定海神针般的吸引力和震慑力。强大的气场蔓延出电视的边框，一直吸入我的眼底。有什么东西会让你情不自禁地臣服？我在那一年的世界杯中，知道了答案。

那一年的夏天，我的爱情正在进行中，还学会了熬夜看球，渐渐熟悉很多拗口的球星名字。那一年，我弟初二暑假。每天下午他负责给我买一份新鲜出炉的晚报和一条同样热气滚滚的长米糕，然后他先写作业，我边吃米糕边翻看赛事报道。有他喜欢的球星或是有齐达内出场的比赛，我们一起拧上闹钟，相互叫醒，叫嚣着看球。

那一年的半决赛法国对阵葡萄牙，后者领衔的是菲戈。菲戈与齐达内是同属一个黄金时代的领跑者。每一次观看这种王者谢幕的演出时，心里都有种懦弱，怕与他们相见再无期。那场比赛中，齐达内踢进了全场唯一的点球。为了这伟大的唯一，我无比地鄙视对方的 C 罗因传球倒地想要点球而不得时的愤怒，这一无厘头的蔑视居然延续至今。直到现在，我都无法接受当年那个球场上的愤青成了今天堪与梅西比肩的天王巨星。

1994 年的世界杯，巴乔罚丢了点球后那个落寞的背影，成为很多体育解说中用来阐释"悲情"的 TOP 10 之首。1998 年的 NBA，乔丹在最后一刻抢断尤因的球，晃倒拉塞尔，投中最后一球，绝杀爵士，成全了自己一生中最后一个总冠军。彪悍的人生从来不需要解释，有时落寞离去的身影如孤本绝唱般更加深刻地进入看官眼里。那一年，齐达内也如是离开。镜头闪到2006年，齐达内被红牌罚下场，经过大力神杯旁边，球衣因为身体的振动现出有幅度的波动，他的头不曾微侧一下，他目不斜视、器宇轩昂地离开，将他的秃顶与同样光亮的大力神杯以一种百味交集的方式安置在一起，留给了全世界。关于他与马特拉齐在决赛场上争执的是非功过，大概足球史早已作了客观的评说。只是对于普通看者而言，对于那时如此偏执地爱着齐达内的我来说，无论时光过去多久，都永远一边倒地拥护冲冠一怒为尊严的齐祖。

那之后的很长一段时间，总有很多好事者不断假设追问："如若当年齐达内率队赢得了世界杯，他的历史地位会是如何？"有人回得好："江山代有才人出，各领风骚数几年。"可是齐达内，他不会怕被你忘记。因为他知道，无论他怎样谢幕，你都不会忘记。

齐达内离开后的世界杯，我再也没有看过。研一的时候有门计算机多媒体选修课，老师布置作业要求做个flash。我花了很多时间，做了一个齐达内主题的flash。老师评价道："你一定很喜欢他吧？你的作品透着原生的质朴和挡不住的爱意。"

这一年的世界杯，小组赛轰轰烈烈战得正酣时，我问我弟："来我家看球吗？"他回我："老姐，我在深圳抓嫌疑犯呢！有空即睡，再无他念。"当年每天给我买一份晚报和一条米糕的小伙伴早已长大，我仿佛再没有像那年的暑假般，认真地读过一份报纸，吃过那样好吃的米糕，对爱情的来临充满生命初生般的紧张与喜悦。没有爱慕的对象，我再不管他们的球踢向何方。

我的秃顶齐达内，听说他即将出任2014—2015赛季的皇马二队卡斯蒂亚主帅。这些年，他家庭美满，尚未闹绯闻，真好。每一次看到这样的消息，都会松一口气。在名利圈，做一个稳定、正常，婚姻还幸福的人该有多难！所以，我才如此祈祷，齐达内，愿你安好。

爱

独家记忆

一个多星期前,几个朋友去了横店。我问其中一位:"好玩吗?"他说:"不就是看看仿古建筑加玩个梦幻谷嘛,热死了,没劲。"这没劲的横店,我想,也许过不了多久,就会慢慢湮灭在他往后更多的旅途记忆里。

可是,有人不会觉得。比如,梁朝伟。

尔冬升的影片《我是路人甲》上映前,梁朝伟写了一篇影评。那些给年轻路人甲的励志句段,的确充满了召唤梦想的感人力量。不过我真的不关心这个,我只看到梁先生写下这么一段文字:"那年的11月19号,新闻说晚上会有狮子座流星雨。半夜收工后,我拖着导演还有组里的人跑去片场的楼顶很兴奋地等着……在这样安静的环境里,我隐约地听到了'咻咻'的声音……那时候我才发现,原来是流星划过天空的声音。在那之前,我从来不知道流星也会有声音……因为那场流星雨,我至今对横店都留有很美好的印象。"

梁先生,其实我们都知道,那一年是2001年。那一年,你在横店拍《英雄》,而你的拍档,正是张曼玉。我可以这样揣测吗?那一场你们一起看过的流星雨,或许才是横店留给你真正的美好回忆吧。

想起刚毕业的那会儿,年轻、单身,有大把的时间需要消解。好友小C姑娘就住在北部小城,我们俩加上另一位男生王君,组成了几乎无性别差异的闺蜜团。每个月,我和王君都会从各自生活的地方奔到小C所在的小城去聚会。有时我到得早,就会拉着矜持的小C直接坐在街中心雕塑下等王君。看他背着双肩包轻快地跳下车,笑吟吟地径直走来,主动给我们分发礼物作为迟到补偿,笑纳我们打闹中对他的各种调侃和指责……

这些年来,小城早已变了模样,雕塑也已不知所终。可每每经过那里,恍然都能再见小C姑娘翘首等待我和王君的样子。想起那些年曾暗暗涌起的念头:我们仨,要永不恋爱,各自单身,不被干扰地活在我们的世外桃源里。

有些念想,唯其纯傻,才会格外难忘。尤其是与一座城市相联时,它与个体之间,便有了某种神秘的血脉相通的亲昵与温存。无论这城市如何大张旗鼓地前进,你经过它时,从来不觉得自己是局外人,它也不是身外之物。因为在某一个时间卡口,你恰好赶上了它,它存在或是消失的某一处风景,曾和我们深深地肌肤相亲。而这,正是我们与它之间的情感密码。唯我才有,唯它才懂。所以每每撞合,情生意动。

这些回忆,梁朝伟也好,路人甲也好,其实都可算是专属于个体的独家记忆。

它可以温情,也可以苍凉。

有一年去国家博物馆,那天不知为什么,人特别少,天又阴灰。我在凉风四起的城楼上站了很久,想起某年看沈从文,他写自己"独自站在午门城头上,看看暮色四合的北京城风景……明白我生命实完全的单独。……因为明白生命的隔绝,理解之无可望……"这样的描述,特别让人感慨心伤。沉默中凝聚的悲愤,比把"吴钩看了,栏杆拍遍"更让人惊心动魄。

所以,直到现在,想起这曾经的历史博物馆,都觉得光芒万丈之外,有种别样的感伤。

混迹这崇尚丛林法则的世间,会有诱惑,有虚荣,有冷酷,也有荒唐的迷惘。世界太大,我们的情感经纬却似乎越来越小,那些宏大中的细密,微弱后的强悍,有时我们故意疏漏在眼界心底之外。真怕记忆太多,一不小心,就成了羁绊,成了前行的负累。可是,说到底,维系我们与这个世界联系的,依旧是再世俗再熟悉不过的日常种种。是老友的雪中送炭,是恋人的亲密相拥,是父母的叨叨念念,是久别喜重逢,他乡遇故知,是在未来的某时某刻,回望当初年轻勇敢的自己……凡此种种,才构成我们坚固的情感谱系。凭此,找到个人安身立命的根据。

这些谓之"羁绊"的记忆，深植于每个人的身体里。你以为变混沌的时候，一旦风起，心云照样汹涌。可我们内心是欣喜的呀。在一路苍老的途中，原来会有一些时刻，可以不那么装酷，不那么成熟，可以放下防备，且与世界深情相拥。一想到人生中还有这样"暖暖内含光"的瞬间，就止不住地长舒一口气——就算梁朝伟是大神般的存在，也有和我们相似的幽微心肠：某些你认为微不足道的物什或场景，却骄傲地长在我的缱绻记忆里。

你不懂？其实，也不必明白。

何处是归程

我们家屋子后面有一条河,河边有一棵树。

树是柳树。年龄肯定超过了我,我记得很小的时候曾爬上它的枝梢抓过鸣蝉。现在它的枝叶早已铺天盖地,因为太过蓊郁,所以四季轮回在它这里几乎不起作用。任何时候站在北窗朝它看去,叶子似乎总绿,枝条总是稳稳地垂在地上,住在树后面的人家也从来只见屋檐不见人。

可是在某一天例行的向外眺望中,忽然发现连些许的屋檐都不见了。问起家人,妈妈说:"拆迁了。"顿了一下,许是觉察出我眼里冒出来的不必要的愤懑,又补充了一句:"他们是自己要求的。真是,关你什么事?"

的确,其实真的不关我什么事。

这几年来,每次在乡间行走,我已经不需要随身携带近视眼镜了,因为已经没有多少年轻而陌生的面孔与我迎面而来。那些以前喊我"姐姐"或是"阿姨"的孩子，他们好像再也没有以长大了的面容出现在我面前。碰到的人，远远的仅凭身形，我也能知道喊他们"伯伯"或是"奶奶"。有时他们会停下来，笑出一脸褶子地问我："你还住在家里，没到城里去啊？"

多少年了，他们，包括我，一直把我们这个叫"新胜村"的地方称为乡下，哪怕它就在繁华的人民东路边。而和它间隔5分钟路程的安置小区，在已早一步搬迁至那里的外婆嘴里，它们则被叫作"街上"。

现在，又有一拨人要住到"街上"去了。这个村子剩下的私家住宅零星可数。

也许也没什么。

无非是耳边更加清静了些，因为半夜可能再也没有婴儿的啼哭声搅醒酣畅的美梦；不会为总要遇到那条半人高的藏獒而惴惴不安；下雨天可以不再吐槽"这破路"；夏天终于可以不再疑心蚊子多是因为河对岸的那片小竹林。

无非是觉得那棵没能一并搬走的柳树，可能会寂寞而已。

那些看了很多年的熟面孔们，这些日子正搬运各种东西，忙得热火朝天。下班时经过，瞧见有的房屋已只剩墙壁和屋梁，它们正以我想象不到的神速飞快地倒塌在地，成为一处又一处的颓垣。在某一个时刻，我甚至觉得我的嘴巴里喃喃自语着"别搬走了"，但这样的声息必然没有发出来。因为我的那些邻居们,大概会朝我投来不屑而又宽容的目光:"年纪轻轻的,矫情什么?谁要你代替我们忧伤?"

我所在的名谓"新胜"的这个村子,就其地理位置和乡土气质来说,和梁鸿笔下的"梁庄",或者阎海军笔下的"崖边村",都相去甚远。这里没有无望的留守儿童,村民的养老、医疗也并不缺失,河水当然已不能喝但也未变得污浊不堪。在自我身份的确认上,在这个一路巨变的时代,它似乎也并没有显得多焦虑。几十年来,它的身上都贴着"城郊接合部"的标签,所以这里出去的人,身上总有一种土洋结合的味道。和任何一个地处东部沿海地区的村庄一样,如何省力地发家致富是大多数人的生活目标。村里每逢选举,会有村干部进行游说动员,而我的家人们、邻居们之所以会踊跃投票的理由,只是因为可以领到两条毛巾或是一小瓶洗衣液——尽管谁家里都不缺。可是兴哄哄地跟着众人一起,未尝不是一种生活的乐趣。很多想当然的大事件,他们会用自己的方式,踏出一条具有"新胜村特色"的道路。

比如我想象中原本应带有悲情色彩的拆迁,在我的这些大伯大妈那里,他们一起申请拆迁,只是为了"以后大家能同时段住在同一个小区继续做邻居"——后来,我终于听说了缘由。

也许他们终于厌倦了这村子的寂寞吧。周围,好几个拆迁安置小区已颇具规模，夜晚的霓虹灯一闪，广场舞准点跳起，喧闹的气息简直是对不远处宁静村庄的挑衅。连一向乐于清静的妈妈有时都忍不住流露出渴望："要不咱们家也早点拆吧，住到小区去，还是热闹好。"至于我那80岁的外婆，每天中午12点，都会换上整齐的衣裳到小区的老邻居那凑桌打牌，5点回家，像上下班一样精神抖擞。有时我偶尔表示怀念她家的老屋，外婆就呵呵地笑着："还是拆迁好，又有钱拿，大家伙儿还能经常碰见。"

徐则臣的小说《水边书》里，16岁的少年陈小多和少女郑青蓝齐齐选择了远方。后来的《耶路撒冷》里，已长大成人的青年初平阳向着世界继续行进，而女性舒袖却选择回到故乡。读他们时，常会不自觉地想到自己。大概总会有人和陈小多们、舒袖们一样，少年时渴望离开村庄，而在见识了世界一角的繁华后，对故土重新心生眷恋，可当真正归来时，村庄却已留不住他们。

这算不算是一种未雨绸缪的乡愁？因为我也不知道我现在住的这幢房子还能屹立多久。我想象着将来的某一天，它被推土机推倒的那一刻，我应该是很黯然的。

这么想来，我那北岸的乡邻们如此热切地搬迁，未尝不是以主动之举为自己谋求了更多众亲团聚的机会。他们很快就能其乐融融地在同一个安置小区再见了。也许只是隔着几栋楼，甚至只是相隔上下层。离开故土在我的大伯大妈那里有什么要紧呢？苏轼早就说过："此心安处是吾乡。"说到底，父母在，有乡邻，不就是另一种意义上的故乡吗？

也许很多年以后，我也会在城市的某一个小区，愉快地跳着广场舞。早已忘了自己当年也曾是因为拆迁而耿耿于怀的姑娘，一定也很少想起"新胜村"这三个字。除了，在某些因为想起那棵树，那棵被我们抛下的，寂寂长在河边的大柳树，而逐渐沉默的时刻。

你仍是男主，就好

2005年的时候，我才开始加入看韩剧的行列。那时离《蓝色生死恋》已经有些年头了，我并不清楚在2005年韩剧流行什么样的范儿，只是因为在一排碟片中多看了《新娘18岁》一眼，才喜欢上了它的男主李东健。

那时有多喜欢他呢？就是能将碟片反反复复看了七八遍，对他歪着嘴角微笑的样子奉若迷人的最高典范。他的皮肤很白皙，眼睛很大，而且是双眼皮，这一点严重悖离了我对男性细目长眉的审美标准，但那时就是喜欢他。

当我能将每一集的台词差不多倒背如流的时候，同事看不下去我的反刍行为，推荐了他的另一部剧作——《玻璃花》。

那时我还在一所小学教书，每天中午的午休时间很短，我向来习惯午休，但为了李东健，完全豁出去了。他在飞机上寻找女主，为了跟她继续保持联系，无赖般地将手表褪下戴在女主手上，头也不回地走出机舱，用手指在空中帅气地划动几下。很惭愧，那个镜头让我在课上走神了。有时一个人走在路上，会忽然想起他在剧中的样子，莫名就有了一种默契的依靠和温暖。那一年我正努力考研，每天温书到半夜，上班会经过一个早点摊、五个大排档，我得挑些干净的地儿走才能不让那些隔夜的油渍沾在我的鞋底上。我对这熟悉又庸常的一切倍感压抑，特别想赶紧逃离——能去哪就去哪。我无法将逃离的念头说与同事和家人听，他们一定觉得我不知天高地厚，或是无事生非。只有剧中的李东健永远歪着嘴角笑着，永远乐观和无畏。对于2006年来说，他就是我最温暖的阳光。

很久以后，在村上春树的《世界尽头与冷酷仙境》里读到一句话："阳光千里迢迢地来到这个星球，用那力量的一端为了烘暖眼睑。想到这里我被不可思议的感动所打动。宇宙的真理连一个我的眼睑都没有疏忽。"不知为什么，我一下子想起了多年前那个在满是油渍的地上寻地走的我，一边走一边恨恨地想，什么时候可以离开。然后因为李东健，会将满心的焦虑缓缓抚平，一边走，一边可以微微地笑起来。我终于明白，人生中每一段经历都是值得并且有意义的。即便在最煎熬的时刻，也能有上天注定赐予的慈悲与温暖。

我终于离开了那个小镇，去了重庆读书。生活天翻地覆，我很少看韩剧，看的话也已将审美标准重新调回到最初，对大眼睛双眼皮的男性再次没有了热爱的欲望。我很少再去关注李东健，只是在网上浏览娱乐新闻时，知道他与《新娘18岁》的女主扮演者（后来两人真的成了情侣）分手了，他的弟弟不幸遭校园枪杀，他一脸憔悴地出现在丧礼仪式上，他的新剧暂时延后拍摄了……每一次看到，都距离上次关注他的消息过去了一段日子。我像一个冷血说分手的人一样，看着这个当年我如此喜欢过的男星生活中的坎坎坷坷。然后，洗洗，睡了。

2012年的时候，另一位韩剧的经典代表人物张东健复出拍剧《绅士的品格》。编剧是我超喜欢的金恩淑，我几乎没落过她的剧作，但这一次因为张东健，我拒绝了她。荧屏上的张东健应该仍是好多《爱上女主播》粉丝的心头爱吧，尽管他真的已经老了。但他的招牌大眼睛仍在，双眼皮仍在。所以我没法"原谅"他。同事说这么大热的剧你都不看吗？我说看了他，我感觉对不起李东健。我连初恋都抛弃了，何况张东健。

后来在优酷视频上看到李东健和尹恩惠、郑容和共同出演的新剧《未来的选择》，那时郑容和正当红。我点开视频，看了两集。还好，李东健仍是男主。那一刻，我忐忑的心放下了。

研究生毕业后，有一年我混迹于一所民办的职业技术学院，我深深不齿于它的吝啬，经常感到尊严感极度欠缺。

一年后我离开了它去了另一所高校，后来又到了现在的单位。跟那所职业技术学院的同事很少联系，只在QQ和微信上关注他们。前几天看到他们纷纷发朋友圈庆祝学校升本成功并正式更名了。我在每一位前同事的交流圈中真诚地发了评论："好高兴！我也算一份！"对于那所学校，我可以不满于它的种种不足，却不能容忍旁人说它的不是。我曾经在那里工作过一年，看到它升本成功，我发自肺腑地高兴。

原来，来过，就不曾离开。爱过，也不会忘记——那个大眼睛双眼皮的李东健，你仍然是男主，真好。

请你陪我去看海

看海

这个晚上很清静,以至于QQ弹出的消息声显得格外震耳。是你发来的。很简短的一行字,却逼得我花了好几分钟的时间才能消化完它的重量。我甚至有些无措地证实了一下今天真的不是4月1日。其实我应该明白,你从不会说无聊的笑话。

你告诉我:"我辞职了。自此下海当律师。"

仿佛还是半年前的夏天吧,你打电话给我,说已经从下属单位调回市检工作了,和我的单位咫尺之遥。我说:"好,检察官先生,有空聚聚吧。"

其实直到现在我们都没有见面。有些朋友,你知道是可以在任何时候及时找得到他,任何时候打电话过去都不会觉得突兀的,正因如此,才越发显得弥足珍贵,所以我们甚少相聚。但是这一次,我立刻对你说:"我们见一面吧。"

算起来,今年刚好是我们认识的第10年。年纪大了,一不留神,说起某个人某件事,用来形容时间的距离都以10年为刻度了。但我总还清晰地记得第一次见面的情景。那时我留长发,扎个马尾。你也比现在要青涩,跟我一样,戴块硕大的手表。你是我同学的同学,为考研的事找我,说要跟我取经。其实那时我也为考研复习到昏天黑地,哪有什么经验可以教你?唯一能当作心得的,无非是夸耀自己对认准的理想开足马力而已。我还记得我说这句话时,你微笑着看我,赞我好有毅力。我仿佛也很骄傲,感觉自己像命运的舵手。

我接到录取通知时，也接到你的电话，你说你考上公务员了。我那时对"公务员"这三字还很懵懂，只是觉得似乎应该要比你现时的教师工作强，于是真心替你感到高兴。

我读研的时候，偶尔在QQ上碰到你，就聊几句。你工作很忙，虽然我对你说过，山城这边四季温湿，绿树常青，校园里有很长的峡谷，适合慢慢走慢慢看，但你总没有时间来。研三那年的5月，我人生第一次参加公考，面试淘汰，心境灰暗，不想理人也不想别人理我。你打我几次电话我都不接，你换了号码又打，接通的第一句是劈头斥责我："傻瓜，干吗不接电话？我这个周末来看你。"

你飞来了，说过很多次的约定突如其来地实现了。你背一个单反，逗我，给我拍了很多照片。有一张我蹲在溪流边的石头上伸手撩水，眉心却皱着。你说："失败一次有什么大不了的！你还有很多次机会。"

认识10年，我们之间的电话其实很稀少。每一次电话几乎都在宣告着彼此生活的一段新境遇。比如我到新单位了，比如你选调成功了，你成为摄协会员了，你组织的单车骑行团环游余东老街了，你去省里参加公诉大赛了……我们不聊过程的辛苦，只告诉对方一个结果。我不要你为我担心，只为我高兴。大概你也一样吧。

这些年，你忙工作，忙摄影，忙骑行，你把有限的时间锻成了无限的有意义的生活。而我在无需智商的淘宝和韩剧中把自己炼成了一个庸常达人。有时看你空间里的摄影照，兴致来了，就胡诌几句诗表示一下欣赏。你就夸我"美才女"。有时我也会不知羞惭地哈哈笑着应承。其实我清醒而又自知，但在你面前，我还是想无原则地自我陶醉一回。

这个夜晚，你告诉我又一个你的决定，辞去公职。你说早就有这个想法了，想趁还不算老的时候去闯一闯。恍惚间，觉得时光飞速流转，回到10年前我们初见面的那个午后，你微笑着看我，赞我辞职考研很勇敢。这些年来，我也一直以为自己清醒且有目标地活着，可是我还是被你这忽然的举动深深震惊了。这些年，我都做了些什么？青春都已接近尾声，我却浑然不知地从昨天过到今天。突然间很想抓住一个人问一问，为什么会是这样？谁知道呢，十年间跌跌撞撞就走到现在，我都已经忘记了为什么要出发，究竟想去哪里。

你的家乡在海边，你邀请过我很多次去你家乡看海。你说海水不蓝，但足够阔达。这些年你总在努力，不断寻求改变，是跟这阔达的海水有关吗？如果是，我想在一个明媚的春天，请你陪我去看海，我想像一个诗人那般深深思索一番，我要喂马劈柴，或是周游世界，或者什么都不是，只是像你那样，努力把普通的人生活出不一样的精彩。

相见不如怀念

一群孩子，十五六岁的时候在一个校园里相遇了。除去教室、食堂、操场、偶尔的出游，好像也很少晃荡过其他的地方。除非是天生自来熟，或是见过些世面的城市孩子，大部分人，似乎都比较沉静且羞怯。毕业那天的聚餐，印象中男生女生大半喝醉，拉着手说了半宿的话，仿佛今生不会再见。

毕业是最好的淘沙器。十多年下来，还继续联系的都逐渐变成了亲人，从未再见的，慢慢地，也就变得不想再见了。

这些年来，那段岁月留给我的，好像就只剩下一位相伴至今的老朋友。

偶尔经过那所学校，也会想象当年的那些面孔如今都变得怎样：成熟开朗的，也许有的已走上仕途；当年情愿早起一小时洗脸化妆的，想必一如既往地爱美；还有那些当年如我一样沉静的人儿，又会过着怎样的人生。

其实毕业10年后，我们也曾聚过一次。

倦鸟

照例是能干的班长牵头,她的电话总是充满了让人无法拒绝的气息:"一定要来的哦,大家伙儿都很想你……"用的是"大家伙儿",呵呵,仿佛没你不行。

还好,那一场的聚会彼此都还能叫出姓名,一大群人闹哄哄地挤在一起,一律相互夸奖:"你还那样,一点没变。"签名,写地址,留电话,大合照,该表示的热情一样都不落。昨天微信朋友圈里有人晒出那张合影,我才有机会看到那年的自己,梳着马尾,光光的前额,脸上还有些许的痘印,负手而立,看起来似乎并不太高兴。

一大群人中,好像只有我用了那样的表情。我费了一番力气才想起来那一年的聚会都干了些什么,印象中无非是吃饭、唱歌,三三两两有一句没一句地聊天。对于当年都不很熟络的同学,在10年后倘要让我做惊喜状,对于我这种性格的人来说,实在很为难。所以大部分的时间,在问出"在哪工作呢""最近怎么样""和老同学还联系吗"之类的话之后,就渐渐陷入沉默。我逐渐坐立不安,不断地看表,期待我那位一直联系的同桌女友快点到场。

后来,趁着唱歌的间隙,我走出包厢,对着濠河,默默地站了很久。原来所谓的10年聚会,对我来说,无非仍是只想看到想看的人而已。

这几天,那个同学群又开始沸腾起来,说又过去好几年了,应该再搞个聚会。每天都有人热情地发红包,当了爸妈的同学不断交流育儿经,晒娃成了主流。很少有人再违心地恭维"你真是一点没变",被赞美的主体逐渐变成了同学的娃们。

我好像一直漂浮在这个同学群之外,不想寒暄,更不期待又一次的聚会。有人说,你在那个班上受过创伤么?仔细回想十五六岁时的自己,在那三年似乎过得的确不很开心。经常没来由地跟自己较劲儿,苛求自己成为更苗条、更大方、有文化、有才华的姑娘。看到一些女生很瘦很白,还捧着一本外文书,心里刀扎似的痛苦。于是去图书馆狠命借一堆书,做各种笔记,妄图光速将自己变成理想中的瘦才女。经常挣扎在那样一种与自我的搏斗中,悲喜交集。

好像也谈不上创伤。只是那时对青春充满了诗意的歌颂,半点容不下自己的胖、黑和空空的脑袋,总是没来由地鄙夷自己。

然而这么多年过去了,我也早已学会悦纳自己,一路走来,读过的书,认识的人,看过的世界,归根结底,无非是为了让自己成为更美好的人，也早就不再拧巴着跟自个儿过不去。得不到的，达不到的，"呵呵"两声足矣。

那么我为什么还是抗拒聚会呢？我过得不算多好，但也不差，没变多老，也早已告别"多肉"年代，我不冷酷，偶尔也想起过往。但要对一群很多年不见很少想起甚少想念的老同学表示热烈的欢迎，甚至诚挚的倾诉，我的内心，始终充满了畏惧。像张爱玲说的那样："在没有人与人交接的场合，我充满了生命的欢悦。"我没有那样的才华可依仗，也未尝只爱一个人的孤单。对于旧友、同袍，三两聚会时也满心温情。只是长成这么大，我仍旧不习惯与满桌的人共叙旧。怀旧说到底，都是个体的私密记忆，或者，只属于当初就集聚而成的小圈子。只有那几个人才会明白和理解，若干年后，你故意或是不经意地说一句话，抖一个包袱，都浸透了被岁月所酝酿出的绵绵情意。"你懂的"这三个字，有时真是能散发出让人情愿沉默不语的缱绻感。单这一点，又岂是那些只顾点头寒暄、推杯换盏的大场面所能给的。热闹过后，尘归尘，土归土，你继续联系的，喜欢见的，无非照旧而已。

那一年的大聚会，带回来的通讯录，至今我都没有在自己的手机里添加进去。其实你们各自安好，健康平安，就已足够。"桃李春风一杯酒，江湖夜雨十年灯"，这一双皱纹渐生的中年眼，真又何必执拗于再见到当年曾轻揽过的纤纤香肩啊。

小小太阳

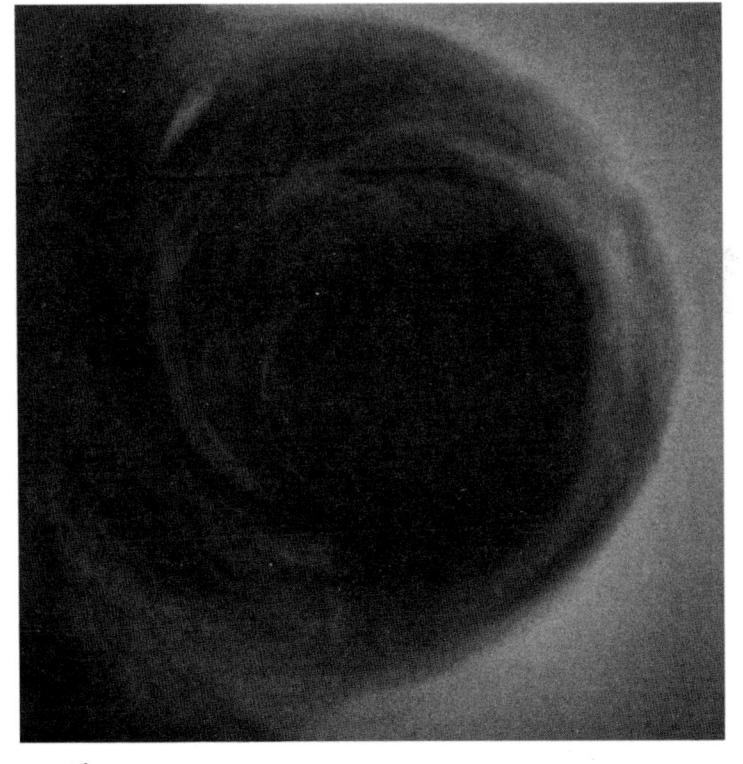

涡

在踏上那条石板街,咬下那口烧饼之前,我的心情一直处于持续的郁结中。那一阵,因为一个朋友的离开,整个人过得很不快乐。在单位组织的这场活动中,除了必要的场合须得笑脸应对之外,其他时分,我都静静地待着,尽情地黑着脸。那个上午,当地负责带领我们参观的石主任站在斑驳古老的石板街上对我们说:"有一样东西,你们一定要尝一尝。"然后,他手一挥,很地主范儿地招呼大家:"刚出炉的烧饼,一人一个!"

我的心,顿时又添了堵。

烧饼这样的东西,向来就不是我的爱好——吃起来很狼狈。要提防着酥酥的小嫩皮儿掉在前襟,还有那粒粒的小芝麻,一不留神就粘在了脸颊或嘴角,势必还得动用小镜子。倘在好友前这般左右端详,倒也磊落坦然,若是夹在一大群相识或是勉强相识的人当中,总觉得偏于爱妖,近乎矫情。所以不到万不得已,实在很抗拒在众人前面吃烧饼。

那天天气很好,暮夏初秋时节的风滑过身上,有种沁人心脾的爽朗。不太宽阔的石板街上,此刻呼啦啦地站满了人。每个人手里都有一块小小的烧饼,正在低头啃,有的已吃完,正不住地赞叹刚"消灭"的美味。还有一些人对我们几个还捏着烧饼尚未开口的表示恨意:"快点吃呀!凉了就不好吃了!"

看来也许,必须,得吃下手中这块已经拿了有一阵,渐转温热的烧饼了。

我磨磨蹭蹭地从纸袋里抽出烧饼,轻轻咬下一口,嗯,蛮酥的。第二口,第三口,居然有种说不出的鲜味。心里逐渐好奇:这馅儿里面翠绿的该是韭菜,黄色的小丁儿又是什么呢?还没等问出口,周围早有人为我解说:"这里面有韭菜末,配上蟹油、小虾子、葱花、板油,所以吃起来特别鲜美,跟你平时吃到的烧饼肯定不一样。"

真的是不一样。不仅馅儿不一样,连个头都比日常早点铺卖的似乎要小一些——小到才刚品尝到它的好,就已经只能怅惘地回味了。

我这样的人,虽然从事着跟文艺有关的工作,实则既粗疏又没审美,尤其是跟动手有关的一切。除了读书时做的化学实验,其他凡是需要用手摆弄、摸索、捣腾的事情,我都自觉地充满了失败者的卑微和沮丧。小时候看《射雕英雄传》,读到黄蓉做给洪七公吃的一道菜"二十四桥明月夜"时,心动不已:在火腿中挖二十四个圆孔,将豆腐削成小球放进去,蒸熟后,弃火腿而食豆腐。那幕章节多年来都让我念念不忘,够美够豪气。工作后某天在家,用了一个下午的时间躲在厨房里捣鼓出了这道心心念念的菜,最后,吃出了豆腐中的火腿腥味……

在痛定思痛远离厨房多年之后,一个小小的烧饼重新燃起了我对制作的兴趣。我回身走到烧饼铺前,看店主人如何忙碌。师傅正在搓面团,不时在案板上摔打出"咚咚"的声音。老板娘则将掐好的小面团包上预先调制好的馅儿,那其中就有韭菜和小虾了,然后捏拢、刷油、涂糖稀、撒芝麻,最后烘烤。每一个出炉的烧饼外皮都金黄香酥,加了小虾子的内馅儿吃起来更是满口鲜美。

看了很久才恋恋不舍地离开,一直没好意思说出心里的念头:其实我还想再吃一个。

那天回去直到现在,我终究还是没有动手再去尝试制作。心里有一种狂妄的臆想:怕一不小心试验出了那般美味,往后便再没有了思念它的理由。

就像离开的那位朋友,喜欢着,但也可以不在一起。如此,记着的,全是对方的好。

那个摊在掌心的烧饼,成了那个9月,那段3天行程中的小小太阳。

忘了告诉你,那条石板街在如东栟茶,美味烧饼的名字叫"一柱楼"。

一群瓦的生活

有一天,有人对我说,坐在你办公室里抬头就能看见这么多青黑色的瓦,真难得。

因为这句话,从搬来这里起,半年多了,我第一次端详起这些不起眼的瓦。

数不清有多少,一片一片,叠叠层层,不知道是特意做旧,还是被雨水天露浸淫的缘故,有些瓦已经灰白。这样也好,就像上了年纪的老者,满头的黑发总让人觉得怪怪的,黑中染霜才更亲切,仿佛时光真实地在斑白间盘桓着。这些青黑色的瓦,自从半年前被匠人搬运至此,就一直安静地待在屋顶。它们的背后,是几栋住宅楼,也砌成了与周遭氛围相融的深灰色,不同的是,它们的屋顶与阳台没有瓦。这样一来,抬眼望去,除了深灰色带来的沉静之外,总觉得少了点什么。是跟这群瓦有关吗?

是的，这群瓦。可能最开始它们也只是异乡人，百里迢迢地来到此处，看到此间静，也便不思归。一待下来，先是一日，然后是一月，一年，大部分，可能就是一生。它们依照整齐的阵列安然地待在屋顶，有一些或许是不经意的胡闹或是有意的叛逆，仄出了序列之中，于是每逢下雨天，走廊的某一处便滴滴答答地掉下雨，雨势小时，偶尔滴落几滴在头顶或是手臂上，凉凉地一震；雨势若大，甚至需要动用水盆，盆里积攒的雨水不停地被持续掉落的水珠啪啪地击打，散开来濡湿了地面，和着外面狂乱的风声雨声，在这静穆的庭院里，莫名就有了一种休戚与共的依偎感。

也许正是因为这群动静相宜的瓦，才显出了它们与住宅小区平滑屋顶的相异之处。那些灰色的呈45°倾斜的屋顶，直白地袒露在空气中，与风霜赤裸相拥，岁月历练的痕迹一览无余，像舞台上的朗诵诗。

但是有了这群瓦之后的屋顶就不同了。它们先顺势而下，在屋檐上从容地整齐地俯身，及至檐边，又顿住，以一种回眸的方式站定，与它们的群体完成目光的对视与团圆。所以风里来雨里去，饶是身子被磨出了灰白的痕迹，也依旧淡定安然。有些沧桑被隐藏起来，有些明媚展露在外，你看到的，永远不是生活的全景。可这，也许正是它们傲视世人之处。谁规定，一群瓦的生活就必须没有秘密？

就像生活在这一圈小巷里的人。这一带道路逼仄，有几间店不食人间烟火般地开在路边。一家外贸服装店，一

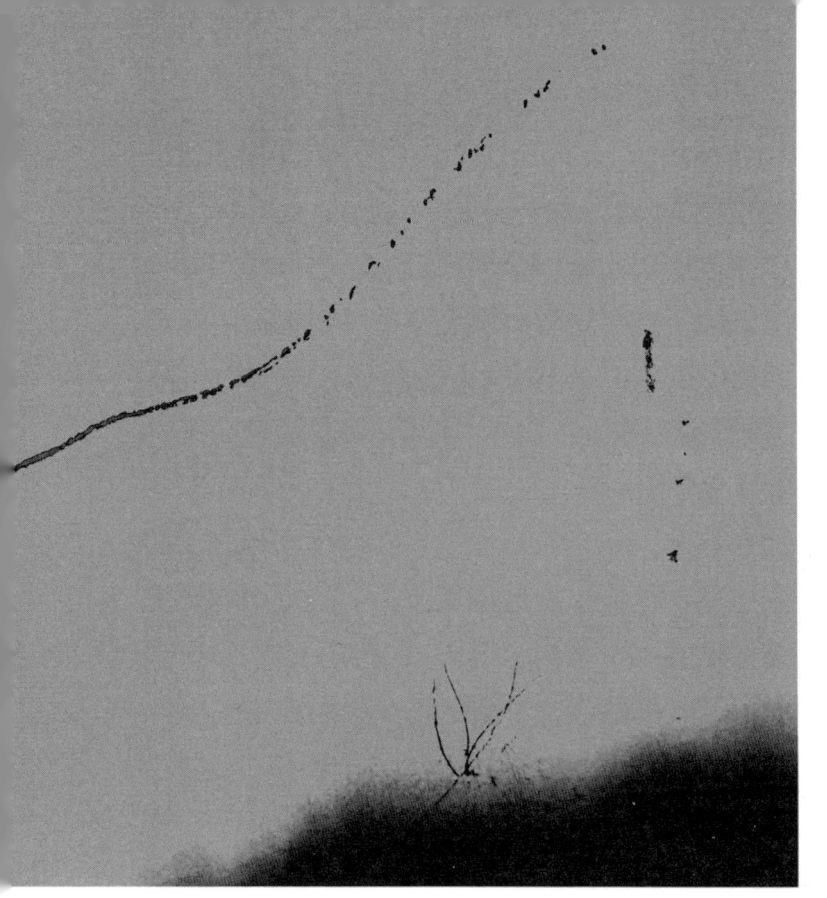

岁月留痕

家米线店，一家小面馆。无论什么时候经过那家服装店，总是看不见顾客，可女店主永远无所谓地趴在电脑桌上，盯着屏幕，间或刷手机。你若进去，她连头都不抬，一副爱买不买的样子。有人会受不了她的不热情，可也有诸如像我一样对淡漠表示欢迎的人，被她的冷淡虐到喜欢。米线店进去吃过一次。只有两张桌子的空间狭窄到不行，论理说这样的迷你小店应该以口味取胜，可这家店的米线真的让人难以正常下咽。然而店主坐在一边的小凳上，慢悠悠地剁着蔬菜，半点也不关心仅这一桌的客人。能把口味做到如此也不觉得有愧意,无端地让吃的人觉得这样挑剔,心胸似乎过于狭窄。批评到了这里,居然演变成了自我批评,不得不叹服于这些小店的强悍气场。

这些像屋顶之瓦一样的人们,面色沉静地待在他们的居处,一日一日,像老树干上默默绽开的蘑菇,他们不像是来到此处,简直像一直就长在那里。每次看到他们,看到周边走过的一些人,一些冷冷戳着的小店铺,那些爱理不理的面容,总会想起波兰诗人扎加耶夫斯基写过的句子:"在死亡之域我们也将生活 / 只不过以不同的方式,微妙地,柔和地 / 融化在音乐里 / 一个接一个被叫到回廊上 / 孤独但还在一群之中 / 好像来自同一班级的同学 / 排列到乌拉尔山之外 / 并到达地质第四纪 / 免除了 / 没完没了的政治的话题 / 坦率而公正,终于自在……"

而我在此处,日日与群瓦对视,却似乎还没能学会在这样一个高处生活。眼前一只叫不出名字的虫子,在瓦上慢慢爬行,及至我面前,顿了顿,转身爬回夕阳的阴影里。于是我咽下一口茶,对着这无边的空气"呵呵"了两声。

只是你不知道

最初的时候,他们只不过是普通的同学。他瘦而白净,碰到一些人和事,总有些淡淡的不屑的笑容挂在唇边。那份清高在她爽朗明媚的年纪里,看起来就有了些卓尔不凡的味道。很长的时间里,他们一直是同学,从初中到高中,却几乎没有过交谈,更无所谓交流。日子是个人手中可以把握的风景,她看这头,他看那头。

她读大学的第一学期收到他寄来的一封信,千里万里的,不知道他怎么就知道了她的学校和专业。其实信的内容倒没有什么,无非是些清浅的问候。可是因着那突如其来的热络,她还是感觉到了一些莫名的东西。

从此,他们便联系起来。写信,打电话。在那些手机还没流行起来的年岁里,用一个星期的时间等一封信,或是踩着孤单的灯影在宿舍楼下等一个电话,都充满了折磨却迷人的风情。

大学四年,他们写了无数的信。于她而言,不是没有心动。可是那样的心情也只能夜半时分留给辗转难眠的时刻,他似乎从没有表白过什么,却又问她有没有喜欢的人。她无数次地恼恨这样的探询,仿佛一张巨大的宣纸,她希望的是泼墨的山水,他点上去的,却只是一滴墨痕。这大片的空白,他竟希望由她来完成吗?她赌气不回答。这气韵生动的爱的山水,她想着,应该是他首先来点染的。

毕业那年的新年贺卡,他寄来的是一张火红的枫叶,上面是汪国真的两句诗:"命运真是残酷/为什么我们只能是旅伴。"她摆弄着卡片看了好久,心里有些升腾的喜悦。她回了一句话:"什么意思?"可是,他居然再没有了下文。

毕业后,她去了公司,他进了银行。有一年的秋天夜晚,她在外地出差的酒店里接到他的电话,让她到房间的阳台上。她跑出去,却见对面的马路上停着一辆车,他倚在车边朝她挥手,边打电话说:"我也出差,顺路来看你一眼。快进去吧。天凉。"她在无数的故事里读到无数种浪漫的情节,却始终固执地认为她经历的,是最独特的一个。

工作第二年的圣诞节,他寄来久违的一封信,终于问出一句话:"可以做我的女朋友吗?"她的眼泪都快流下来,那些沉默着揣测度过的青春时光,波浪滔滔地击打着她的胸膛。她想说"好",想了一想,却还是骄傲地说了一个"不"。她想,这么多年来,他的无语,应该要受点惩罚。

只是,他又像当年寄新年贺卡的时候一样,再没了回音。她终于着实地恼怒起来。她剪了那头他一直称赞的长发。剪掉了就再也不想为他烦恼了。

很久以后的一个冬天,她接到他的电话,说在她家楼下,电话里都能听出他的醉意。她匆忙下楼,果真是喝得大醉。她看他扶着墙壁呕吐,默默地递给他面纸。他只是沉默,她强烈地克制着想要拍拍他的念头,面对面地站了很久,他终于一言不发地缓缓走进街灯里,他步履蹒跚,回过头看她一眼。她抱着肩膀蹲在夜风里,一直不停地哆嗦,说不清是冷还是什么,只是慌乱难受得要命。她一直蹲着,始终没有走近他的身边。多长时间过去了,他终于从街灯里又走了回来,只跟她说了一句:"我走了。"

他再没有找过她,也再没有打过电话。半年后她因为一件特别重要的事,拨通了他的手机,他却只是冷淡地说了三个字:"我很忙。"她放下电话,开始不自觉地打寒颤,像半年前那个冬天的夜晚,她蹲在寒风里的感觉,彻头彻尾的冷。她知道,今天,该是他们之间彻底结束的日子了。那原本是个多美好的季节,人间四月天。

从此,他们再没了联系。说结束都不合适,因为好像从来都没真正开始。

唯一的一次,深夜里她收到一条短信,是他发来的,莫名地说了一句话:"我在唐古拉山。"她沉思很久,然后慢慢删去。

只是，她不知道，当年她寄出去的关于他新年卡片的回信，他并没有收到。

她不知道，他鼓起了多年的勇气才能在工作后向她表白，他知道她的身边一直不乏优秀的追求者，可是她的那个"不"字还是轻易地击溃了他的自信心。

她不知道，后来的很多日子里，他必须得靠酒精来麻痹每一个想念她的时刻。那个冬天的夜晚，他醉着来找她，心里希望的，是她能陪他走一段街灯下的路，然后他可以拉着他从来没敢牵起过的手，告诉她这些日子，他是如何度过的。

他不知道的，是她最后打的那个电话，于她而言，是心里自我点起的篝火，只是希望电话那头会有个回应，然后她就可以说："我们在一起吧。"

她更加不知道的，是那年秋天，他一个人去西藏，夜半的火车经过唐古拉山，外面一片苍茫的白净，他在冰冷的站台外遥望东南，给她发了一条短信："我在唐古拉山。想你。如果这世间只能剩下一个人，我愿是你。如果可以是两个，我希望是我和你。"他看了很久这么长的文字，终于一点一点地删去，缩略成没有来由的第一句话发给了她。

这世间太多的事，只是你不知道。可惜，你不知道。

致我亲爱的姑娘们

6月真是个奇怪的季节。生活的枝桠在前面的5月都不疾不徐,花开自在,一往6月延伸,说出来的语气都变了:这是6月了——后面的三个字,一定是拖长了音调,缓慢且带了无数的感慨。

我有时候会问自己,若不是到了6月,我会不会还这样想念你们,想起你们上我课时让我感动的热烈讨论,想起你们看我换一个包换一条裙子时的窃窃私语,想起最后一堂课,我跟你们说再见时你们惊愕的眼神,想起我转身时,眼角飞出的泪水。

我想,我还是会想你们的。因为那一年,我们都曾拼尽了力气互相喜欢。

我必须要坦白,在走近你们之前,我对高职院校开设的语文课完全不抱希望。甚至刻薄一些说,对你们,也只期

归鸟

望上课时能彼此相安无事就好。

是你们，用漂亮的表现回击了我的偏见。还有什么比这样的认输更让人如沐春风呢？

那一年，你们一共四个班，满满的几乎全是女生。同性初见，大概总会带上些天然的挑剔与审视。所有的目光看过来，其实我的心有些微微的凛，但我还是笑着接住你们的目光："姑娘们，从今天起，让我们彼此相爱吧！"

那一年的课上，你们给了我足够的面子，不玩手机，不照镜子，甚而还愿意举手。我几乎是怀着感谢的深情看着你们的一切。所有的学生都愿意听一些题外话，你们也不例外。所以那一年，我给你们讲过须一瓜的《太阳黑子》，让你们赏析过卞之琳的《断章》，一起听过黄义达的《微光》。你们写的音乐随感让我刮目相看，精彩而有味。我一点也不嫉妒，我将每一篇我认为精彩的文字读了又读，满心欢喜。

那一年，我还留长发，一年四季只穿裙子。那一年，我好像把积攒了几年的话都说尽了。

有人问我，为什么教你们要如此用力。我也问过自己，作为高职院校的学生，学好中文有什么意义？可是，世间真怕万事只求有意义。我跟你们说过，我只希望无论怎么老去，你们的心里能永远有一个角落，在某些时刻，会因为一些文字、一段旋律而心生悲喜、欢愉或是无力感。所以，我那么努力地像王小妮一样——哪怕这一切只是徒劳，也要让这徒劳发生。

那个6月，我离开你们的时候，你们问了我太多的"为什么"。我好像回答过，与其日后互生怨念，我情愿在热恋的时候说分手。我和你们，终究会有各自的路要走。

这几年，我剪了短发，很少穿裙子。你们对我不依不饶，不肯原谅我的裤装丑样。给我留言，从来不肯好好说话，必定是"老斯""蓉姐""菇凉"……去年你们拍毕业照，纷纷在Q上呼我，很抱歉，挣扎了许久，我终究没有前来。没有什么比那一刻更让人深切地体会到"近乡情更怯，不敢问来人"。我只在心中默许了一个诺言，等明年此时，我为你们写一篇祝福的文字。

一晃，这个6月已经来临。

最近的这一年，你们已经开始实习或是工作。有时看你们的签名,也会有一些抱怨和愤懑,痛心处仿佛全世界欠你们一个交代。我从不嘲笑你们的情绪。想起自己20岁的时候,将25岁的自己称为恐怖的老女人,30岁已经老得可以去死了。那时就觉得时光浩荡,未来苍茫得可怕,对握在掌心的年轻,有一种恃宠而骄的狂妄和矫情。而当自己真的慢慢变老,在跋涉过那么多条不太好走的山河之后,才会逐渐领悟:不抱怨,尽全力,该有多难得。

如果你们还未忘记,应该记得分别时,我在黑板上写下过这6个字。

真希望,有人还记得。

谢谢你们这几年一直关注我,就像我也念着你们一样。王菲唱得真好:"我们要藕断丝连,要不然凭何怀念……"

这个6月,我亲爱的姑娘们,你们收拾好行囊,将会真正走向远方。愿你们永远怀有一颗勇敢无畏的心,愿你们花开千朵,各自美丽。

春风行过，大地知道

似水流年

我所居住的这个乡镇，这几年变化越来越大。其实所谓的变化，也无非和这个国度里大部分的城市、村镇所经历的类似，一些旧的房屋被拆掉，一些新的建筑群相继矗立，一些没听说过的道路名称开始出现在路标牌上。作为为数不多的还坚持住在村里的年轻人之一，我竟有些像"遗老遗少"了，对这已逐渐被高楼群包围的村子有种莫名的紧张，简直草木皆兵，看到哪一家断壁颓垣了，就总怀疑下一个会轮到自己。

然而紧张了很久，我家的房子还在，但我的小学母校却要拆了，因为一条新修的大道要从中穿过。邻居三姨边晾衣服边告诉我妈，两人唏嘘了一阵，忽而三姨又很欣慰地笑着说，幸好庙还在。

我的小学母校真是个奇特的存在，与一座庙宇毗邻而居。庙虽不大，方圆几里却很出名，逢上一些重要的日子，庙里香火升腾，幸而并无经文的念祷声，如此，倒也与隔壁的学校相安无事。看似吊诡的对比被奇异地置于一个空间内，乡人早已习以为常。我也会在每年的正月初一，跟着家人一起，汇入进香的人潮中，认真地许下一些新年愿望。这些年，本地的学龄孩子早已不去我的小学母校就读，所以这座庙宇对乡邻来说，在生活中占据的分量已超过了小学。对于这一栋已不再承担下一代教育责任的建筑，拆掉合并，大概是一种水到渠成的圆满了吧。我的家人和邻居三姨感到很宽慰，没人理会我油然而生的惘然。从此以后，校园里的古树、斑驳的乒乓球台、曾被我们采来吸吮的一串红，就会和我彻底告别了。

这些年，亲眼见到这个乡镇的变新与变老，也逐渐觉察出自己身上的老旧气。住要住在生养之地，前后皆是见了几十年面的左邻右舍。街道一派芜杂与凌乱，但久处其中，却只觉亲切与安然。尽管拐角处的那个水果摊价位虚高，水果又不新鲜，我还是不希望它搬走；包子铺的面食口味让人无法夸赞，但每天看着胖子店主站在热腾腾的大锅汤前，才觉得一天真正地开始。这里还有我一直理发的小店，我对它的前景有种隐忧，所以早就索要了理发师的电话，准备一旦搬迁，也追随他而去。这些紧紧挨着的小店，大多是外地人，多年以来，和本地的居民已相处融洽。作为一个在逐渐变老的人，我没办法轻易地转身，我眷恋这充满尘世气息、泥沙俱下的生活。

但拆迁也是迟早会来的事，这几乎已是定局。时代的列车滚滚向前，个人的感慨又算得了什么。事实上，我已经看到了几年后与我的村庄街道挥手告别的情景，这使得现在所慨叹的一切，实际上只是现实的倒叙。而我的身边，很多人也已在欢天喜地地盼着拆迁，我的那些不舍，倒显得与这时代的风潮格格不入，变得有些说不出口的迂腐。

终有一天，我所居住的地方，会变成完全不同的另一副模样。其实，我想，我的家人和邻居三姨他们也会心存眷恋吧，只不过他们用了一种更旷达的心态面对这种变化，

"幸好庙还在。"——即使不是庙,也总会有其他。只要这块土地上他们经历过熟悉过的某样东西在被不断地蚕食过程中,仍留有一席之地,他们就会欣慰地叹一声:"幸好它还在。"如此想来,我的乡邻们才是能笑看风云的明白人。也是,生而为人,一生要记住的东西太多,背负的记忆也太多,而每一份记忆都是一层自我的绑架,唯有失去才是通向自由之途。有一天,我的小学母校,我的老房子,我的乡镇都成了尘埃,那也就这样吧。留不住的就痛快地忘记,忘不了的就刻在心里,直到有一天,成为口中歌、笔下诗。如果什么都化作不了,那就把它们彻底地交给世界。我总相信,这世间万物间有种奇妙的温柔眷顾,就像云来过,雨知道,就像春风行过,大地知道。

此致，敬礼，蒋公子

从我跟你认识没多久起，我就给你取名"光光"，后来又喊你"老光"。很多年了，漫长得快让我忘掉你的本名。

我们刚认识的那会儿，我还是一个"珠圆玉润"的姑娘，尽管现在也没"瘦仙"到哪去。那时好像意识不到上镜的恐怖，昨天翻看相册时，看到当年我们在狼山，在苏州，在杭州，在北京，在九寨沟，留下过那么多面若圆盘眼如星的青春照，一时间，还真有些吓呆了。

我们是怎么看上彼此的，都不记得了。晚自修的时候，有时我们逃课，双双坐在你那摊着厚海绵的床上，交换各自的心事。当你能将喜欢和被喜欢的男生迫不及待地告诉对面的那个人时，友情就真正开始了吧。

那仿佛是一个仪式。小女生的情谊必得升华到这一步才能奠定往后相交的基础。一开始，"帮你抄好了笔记"，到

"一起去食堂吃饭吧"，再到情感故事和盘托出，友情三部曲终于完成。

　　有时候猛然会问自己，从什么时候起开始成长的蜕变。想了很多答案，好像又被一一推翻。想承认又不愿意坦诚，开始理解成长的含义，该是在那一次因为一些莫名的小事打电话向远在苏州的你倾诉和抱怨时，你打断了我，呵斥我："不要为一点小事就絮絮叨叨，没有人应该做你的垃圾桶。"

影

我惊愕了很久,你平生第一次呵斥我,大概我怨妇般的聒噪已经让你接近崩溃。你也许不知道,我有一阵子相当埋怨你的薄情。可是我终究还是接受了你的教训。在研三毕业的那年,考试找工作的压力大到极点,我只在每天晚上独自的行走里告诫自己:"你选择的,必得自己承受。"

现在我的朋友说,我是个大气的人。这份赞美,该有你当年怒斥的功劳吧。

有一年看林青霞的《东方不败》,她青丝高束,前额光洁,凌厉又妩媚。突然想到了你。其实你个子很矮,气宇自然比不上青霞那般轩昂,你们最相似的,当是那一分拿得起放得下的潇洒。

我跟你逛店,看到手链精致,欢天喜地反复试。你手一挥,"就这个吧。送给你"。

看到我年少时的偶像,上海电台的主持人阳阳出书,你买了寄给我,题字:"希望你像她一样花心。"

这么多年,我好像只见你哭过两次。你被分手,他是我多年同学。为了你,我毅然跟他说:"败类,从今天起跟你绝交。"

那时所有的事情就愿意跟你喜所共喜,恶其同恶。要是你喜欢的恰好我也喜欢,说起时,那份交融和快乐荡彻心扉。

这几年我们各自生活,间隔不远,一年却也见不了几次。彼此圈子不断有新人涌入,我都以为我们快忘记了旧人。

三年前我在某个熙攘的婚宴上接到你的电话，你的工作陷入曲折，暂无着落。你的鼻子塞塞的。我躲在小小的角落听你的焦虑与惶恐，竟然找不到安慰你的良语。大部分时间我都在沉默，或者说"嗯"。我已经变成了一个冷酷的旧人，你会这么认为吗？

　　只是你不知道，我那一刻心绪全乱，深深感到人微言轻，无法为你谋生计的悲哀。

　　还好，你这两年一切不错，我放心了。

　　其实这次你去美国只是半年而已，我却觉得很久很久。像压箱底的一个宝贝，平时未尝想起赏玩，别人想要了，死活也不愿意给。

　　临走前我们吃饭，道别时我也只是朝你大声叮嘱："喂！记得系罗裙，处处拈花草。"你笑着骂我神经。

　　我们一起看韩寒的电影，袁泉在剧中说："喜欢才会放肆，但是爱就是克制。"送你走的这一刻，我明白了这句话。

　　相识多年，都快忘记你的本名"蒋陆霞"，它过于秀气，配不上你的爽朗跟豪气。你在我心中，一直是磊落大气的女公子形象。此刻我写下这些文字，送给远赴密西西比的蒋公子，愿你一切安好。

饭 局

元素

生而为人，大概总免不了要奔赴各种饭局。有饭吃有酒喝，大抵不是一件坏事。有人能对各种饭局甘之如饴，就有人对一些饭局退避三舍。我曾经跟着朋友，去她朋友的朋友婚宴上蹭吃了一顿，新人来敬酒时，看到我，明显露出了那种"这是哪位？为什么我死都不认识"的表情，我还是淡定地喝完了杯中的酒，说了一句"新婚快乐！"当然，现在纵然用十头驴子拉我，也断然不会再做这样的白吃客了。

相比于这样一头懵懂却也乐在其中的饭局，有一种饭局，真是人生一大难挨之事。很阔气的大圆桌，领导和嘉宾领衔，其余的，熟与半熟，听说和没听说的，都必须在一张桌上共度两至三个小时。

开始时，一圈有着或大或小身份的人，远远近近地站着，饭局的主人心里洞若观火，从主宾再到客1客2，各人一一安置妥当。当然，劝请和推辞也是必可不少的步骤之一。直至重要人士都笑吟吟地坐下，剩下的小半圈人终于松了一口气，拉过就近的椅子分头坐下。饭局的首要步骤宣告完成。

这一切看似简单，其实处处皆有秩序。而这一秩序也无须明说，每一位参与饭局的人都心照不宣。所以若有一些规则的破坏者横里杀出来，是很会让负责安排的人心里"咯噔"一下的。

韩寒就写过发生在他自己身上的一则逸事。某年他在南国某地级市参加拉力赛，赛后被邀请参加宴席，且被安排在主桌。他随意坐下后，发现一桌的官员都看着他，表情怪异，欲言又止。互相眈眈对视了一阵之后，一位秘书模样的人面露尴尬，凑到他耳边说了一句："韩赛手同志，实在不好意思，你坐的是市长的位置。"

像韩寒这样以大无畏的精神随便落座的例子一般不会出现在我们的身边，再不济的人，至少也懂得挑服务生上菜的切口坐下。

一切就绪就该轮到酒了。饭局上必不可少的当然是酒，酒对于一场宴席的重要性不亚于美颜功能之于上了年纪的脸。酒是饭局的催化剂。敬酒与被敬酒此起彼伏，凭借这样的档口，趁着一点微醺，人或多或少都被激发出了一点表演欲，夸张与白描交相呼应，在敬酒辞和言语的来往中被运用得娴熟无比。在一场兵来将挡水来土掩的酒杯战中，喝饮料或是白开水的人像是孤魂野鬼。眼看着在座的各位敬或是被敬，热热闹闹地一圈两圈都下来了，自己还巴巴地粘在椅子上没动，心里着实地煎熬。当下思忖着，得先敬最重要的那位吧？他在吃菜呢，不行；又有人去了，不可以；他在跟别人说话，好像也不能贸然地打断吧；杯子里没酒了，怎么办呢？……磨蹭得紧了，也没来由地骂声自己，拧巴个什么呀，敬完不就得了！

可还是迟迟地不肯起身，像被一股巨大的地心引力吸住一般。相邻熟的人，低头聊几句，不熟的，幸好还有"呵呵"或是"哈哈"。——然而他们都敬完酒了。"该你了"三个字始终像老掉牙的风扇一样在清醒的头脑里嗡嗡地盘旋着，藏无可藏。直至手脚最终听从了大脑里那个声音的劝告。我感觉自己脸上笑意盈盈,"您随意""多谢您对我们工作的关心""久仰大名",一位一位慢慢挪动,最后一个也敬到了。

终于可以安心吃菜了。

这一场理智与情感贴身搏斗的过程,想来也会消耗不少卡路里吧?也好,吃肉长膘,浓汤易肥,饭局中多这一出心理暗战,就当服用了一颗燃脂丸。

其实,若要问我理想的饭局是什么模样,当如冯唐说的那样,一群术业不同、三观接近,相看两不厌的人待在一起,吃几盘菜,喝一点酒。菜一般,就多喝点酒,酒不好,就再多喝点。很快就能高兴起来。有一年与吾友蓓蕾在朋友家里玩塔罗牌喝酒,喝至微醺,出门打车,她指着马路对面金光闪闪的娱乐会所问我:"天上就是天上,人间就是人间,为什么要叫天上人间?"我侧着头想了好久,然后告诉她:"这好像是谁写的一首词……"她用残存的一点力气挥起手臂,朝我的头打了一击,"我让你背书……"

那个夜晚之后,我好像再没有喝过酒。有些珍贵的经历体验过后,再往后的相遇都像是复制一般。只是有时候逢上一顿需要动用很大的勇气去敬一杯酒的饭局,还是会有些怀念那个夜晚。这样想起时,就觉得人在此地,心在彼处,向着一个珍藏许久的酣畅世界尽情地张开,有了这样的充盈,倒也能在这现时的饭局中安之若素了。

击壤歌

一叶一菩提

刷微信朋友圈，有一种信息是看了之后，心脏都会绞痛的，就是有人在晒已读和正在读的书。当然并不包括晒一晒刚买的新书。因为从我自身的案例来看，买书与看书的关系可以是天空和大地，有时永不相及。所以要是有人喜滋滋地晒一张刚下的书单，我总不吝于用最阴暗的心理揣测：我上次买的书比你还多呢，然而，一本还没读。

但是已读和正在读就不同了，它会逼着我正视自己的懒惰与颓废。每逢看到这样的朋友圈，我都会深吸一口气，沉痛地关掉淘宝界面，关掉购物车，呆坐很久，附带捎上对自己无声的鄙视与谴责。

生活的河流太辽阔了，纵身跃入之后，似乎很难做到不随波逐流。比如旅行，本该是极具私密的个性化行动，在理想中，旅行就是一首唐诗，是借助异乡完成对自我暂时的放逐，是生命的一次短暂露营，该发光的发光，该闪亮的闪亮，是可以"相逢意气为君饮，系马高楼垂柳边"的恣意。但现实中太多人选择的目的地仍是人山人海，到一个景点哪顾得上细细欣赏，先发狂自拍几张要紧，因为还有比赏景更重要的事情，就是期待今天朋友圈的晒图能得到比平日更多的赞美。旅行的意义很多时候被解构为骤增的微信点赞率，风景化身为照片上的静物，在他者的啧啧赞叹中赢得声誉，而这已与旅行者无关。

活在这珍贵的世间，有人喜欢往丰满里活，有人偏向清瘦里过。其实过久了，人生还不都是在做减法，减到最后，就剩下一些减不掉的枝枝杈杈，关乎生死，关乎尊严，关乎一些无论怎样都想要保存的零星念想。

比如，想少一点，再少一点浮夸，想要重新找到一些可以沉静的力量。

以前逛街时看到一家店铺叫"祖与占"，当场就被这高冷的气势给震慑住了。后来偶然看到一段影评，才知道它来自法国一部老电影的片名。好友曾经穿过一件"烟花烫"的宽袍大袖，因为名字太有风情，它顽强地在我脑海里盘踞了很久。直到张国荣的纪念日，在铺天盖地的怀念声中，听到一首《烟花烫》，才知道这原来是哥哥生前的经纪人陈淑芬为他填词的纪念之作。

我喜欢与"它们"这样不经意的偶遇。这些被我称之为"它们"的事物，含义太庞杂了，可以是一条狗、一首歌、一盏灯，当然，也包括那些让我感到惶恐的我没读过的书。凡从前笼我于懵懂之中的未解之名、未懂之意、不明之理，在某个瞬间，能拨云见日，神奇地与之重逢，心中油然而生他乡遇故知的欣喜。又因为对它们的来历懂了二分，日后再次说起，言辞间竟有了自家人的亲昵，那是一种有了底气后的熟悉与温情。正因为这些不经意不定期的精神偶遇，才不会让人觉得我们的日常只有苟且。

多丽丝·莱辛在1950年出版《野草在歌唱》后一举成名，但是在成为英国最有影响力的作家30年后，她选择转换风格创作，以化名投稿给各大出版社，这部新的长篇小说叫

《简·萨默斯的日记》。

只有像莱辛这样的勇敢者,才能看穿浮华对人的羁绊,才敢于在盛名之下选择重新开始。

而平凡如你我,既没有一身光环可卸,也乏少破釜沉舟的勇气。我们能做的,也许就是对日常的缝缝补补,多看一些,多读一点,多思考一阵,让我们的无知不那么顽固,让内心的浮华有个牢笼而已。

很多年前,我还是和作家朱天心一般大的时候,读到她的《击壤歌》,惊为天人。如今强取豪夺拿来作这段文字的篇名,固然是向自己的青春致敬,内心未尝没有一种期待有缘人一声"哦"的虚荣。

"人类总是避免不了愚蠢、狭隘和虚荣。"60多年前,毛姆就曾这样精辟地做过总结,然后他一语道破此刻我的内心,"我说的是你,所指当然是我"。

仅向岁月微低头

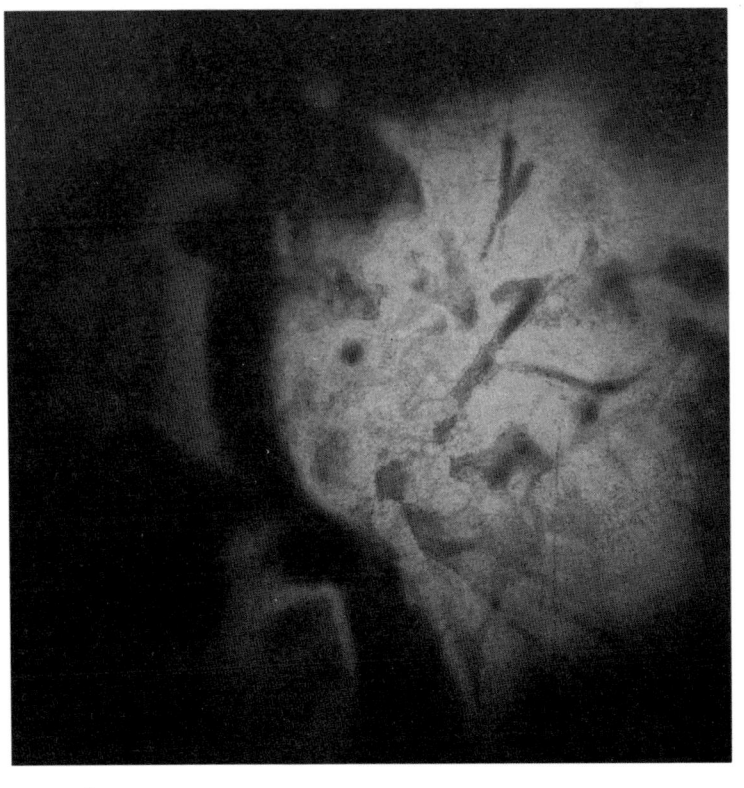

岁月

5年前的一个春天,在等待政审的日子里,去了一趟博物苑,费了一番气力,找到了日后工作的地方。

这是一栋很不起眼的灰白小楼,临河两层,有玻璃阳台,有树阴映窗,看得出年岁已久却又新近刚刷过,有种不太宽裕的小家庭努力要过好日子的郑重和努力。围着它走了一圈,从洗手间出来后,同伴悄声相告:"你好像走错了,上面写的是'MAN'嘛。"而此时,从小楼里出来的一位女子正提着电水壶出来接水,我压抑着满脸的燥热,继续淡定地和她站在一起,我洗手,她接水。水满了,她没看我,拎着水壶施施然上楼了。我的尴尬终于化解。这无厘头的一幕,却成了我瞬间喜欢上这里的理由——我爱它的朴素和低调,我爱他们沉默的包容。

其实在那栋小楼里也只待了3年多,单位搬迁至新址。这里,便成了旧居。

一说"旧",便和岁月相萦回。人的一生中,总会和各种各样的人相遇。他们中的有些,却能以短暂的因缘际会赢得长久的怀念,仿佛内心中有些小穴落天然就留给他们,只有他们,才能与那些小小的空洞严丝合缝,以至于日后无论哪次的回想,都始终面色温柔。

搬离那栋小楼后,相见的频率骤然减少,所以只要经过,若时间不赶,都会慢一些,再走慢一些。站在河的此岸,会恍然再见比现在年轻的自己站在二楼的窗前,朝对面的医学院眺望。有时,也会和一群陌生的目光相逢,我们互相打量，偶尔也报以微笑。

在那栋小楼里的前两年大概是这几年中最安宁的一段时光，云在青天水在瓶，所以对整个世界的善意经常会报以搓着双手的傻笑。秋天的时候，会抽空在博物苑里走一圈。其实现在想起来，当真是辜负了那么多可以了解探索植物世界的机会。通常我只奔着新鲜空气而去，浑然不顾身边的草木其实都有自己的名字。我和它们，错过了认识对方的最好时光。

就在那些默然独行的日子里，某一天还曾被电视台外景拍摄团队拉来询问"如果可以穿越，最想回到哪个朝代？"那刻正焦虑于上镜的痴肥，便随口说想回到唐朝。后来一看节目，只要是同性，十有八九都热爱穿越回大唐。这才倒吸一口冷气，早知如此，就该说想回到春秋战国，想跟着孔夫子，"浴乎沂，风乎舞雩，咏而归"。可是世间的遗憾往往如此，个人的气象与格局常常在猝不及防的时刻显露端倪。

直至搬离那栋旧居，才更加体会到它的好。它有着"躲进小楼成一统，管他春夏与秋冬"的天然气质。它是家常的，有痕的，是内敛的，又是开放的。冬天的午后，工作间隙，站在玻璃小阳台上喝会儿茶，常觉着所谓美好，不过如此吧。

想念一座旧居对当下的生活似乎并没有多大意义，所谓迎新不辞旧也不契合这飞流直下的人生。对于一些旧物、一座旧居的回望，就像追溯维系彼此情感的纽带，偶尔解开那条纠缠着的细线，仿佛隐藏许久的关系得以确认。

那一年，某一天的饭桌上，奶奶问我以后要去哪里上班。我说老人民公园。"好啊，"奶奶说，"那你一天要卖多少张门票啊？"直到老人逝世，她可能也并未能明白我工作的性质，在她看来，这奇怪的单位名称远不如卖门票来得干脆而爽利。

我们天人永隔已两年有余。她若还健在，一定要带她去看看那栋小楼。

在那栋小楼里遇见的人和事，有些戛然而止，有些未完待续。人与人、人与物之间的缘分，通常只限定在特定的时空里，只有一些例外。我们常希望这些例外，能带着时光痕迹和我们一起欣欣然走进往后的生命里。

用文字记录下那段时光，就像一种仪式，像一场正式的告别，仿佛梗在胸口许久的逗号终于落下变成了句号，自此可以笑着抱拳："青山不改，后会有期。"尽管所有的告别并不都是为了忘却。

那栋小楼中，有一千多个日子。一千多个日子，就是千百段带着缺憾棱角的时光碎片。可我们难道不正因为生活的不圆满，才更真切地爱着它的吗？

可以写那么多人，唯独写不好你

如你所知，你就是我的一个朋友。

是我身边异性朋友中的一位。

多一个你，或者少一个你，会有什么不同呢？也许无甚要紧。当然可以没有你。

你有一次回顾了一下我们相识的历程，很多情节其实我都不记得了。很抱歉，我就是这样一个没心没肺的人，但再没心肺的人，在你面前，总还能摸得到一些温热闪跳的内心。

我们好像是很久很久之前的同学了，久到想起那时候，眼前就全泛出晕黄的老照片。我是那个扎着粗糙的辫子，一心读书的小姑娘。你在照片的哪里，我不知道。我只猜想，也许那时的校园已安置不了你沸腾的内心，你早已向往出去闯荡未知的世界。

人海

可是你在学校的日子却还像在认真努力,你经常抄我的作业——是你告诉我的。你还说我的字迹清秀工整、正确率高。正确是一定的,但是清秀工整我完全不同意。我看过自己年少时的字,纠结在一起,一点都不美观。大概只有你,才会认为关乎我的一切都很美。

所以你很多赞美的话,其实都不能信以为真。

中学毕业后,我们还写过一段时间的信。你的信和你的人一样,有点高瘦。这样的信,我一堂无关紧要的课上可以回上四五封。有时我就纳闷了,明明挺逗的一件事,被你写来就成了风干的排骨,血肉全无。但是很久很久以后你对我说:"我的文章,只要认真去写,会很令人感动的,虽然只是很简单的词语。"

你是微言大义吧。很惭愧,当年我没看明白。

在我们各自辗转的人生途中，差不多有十年是失联的。那些年间，我时常会处于一种焦虑状态，不太喜欢当下，却又改变不了现在。于是总在寻找，总在试探，也总遇到挫折。想要翻过的坎太多了，一道道，全是内心的重重藩篱，激情与孤独相生相随。

那十年，除了少数极熟络的朋友，以前的同学旧友几乎都丢了联系，包括你。

那十年间，你的生活也翻天覆地吧。有了自己的事业，工作挺好，身体健康，也没有变老。

你是怎么给我打出十年后的第一通电话的，我其实很想知道。不过也不必问你，你大概会说"很高兴"，可是我知道，你远比高兴更高兴。

你和几个同学张罗了同学会，还要让我主持。那么多年没见，我进饭店的那一刻，你还是立即喊出了我的名字。人太多，转个身就又听见别人叫我，我只来得及跟你微笑一下便匆匆走进新的人群。整场活动结束，也没能再跟你打声招呼。也许是有机会的，只是时间隔得太远，竟然已经找不出问候的第一句，仿佛"你好吗？"或是"过得怎样？"在倥偬的岁月面前都显得异常飘忽，问出去都觉得茫然而无谓。

但你没怪我的失语。你说："谢谢你终于让我找到。"

你说以后再不会失去联系。

其实我们的工作单位近在咫尺，但我从没找过你，你也没有来看过我。

我嫌弃你原先的QQ头像太土气,你说"那你帮我选一个"。我挑了一张乱发坚硬渐入眼,侧颜,很寡言的样子。像你。

我在外地开会,看到海鲜一条街的牌子,心痒,头脑一发热,便问你愿不愿意来请我吃一顿海鲜大餐。你说没问题。那天天气不好,傍晚时分下起了雨。即便自私如我,也终究觉得让你奔波数百里是件太让人惭愧的事,于是又说"算了,不吃了"。你过了一会儿,才回话说:"好。"我以为你很窃喜,但你后来告诉我,你当时已经在开车过来的路上。

我所有的反复无常,各种浮夸和食言,你从没怨过我。

我们在下班的路上偶遇过两次,你跟同事在交谈,我悄悄地经过你身边。隔好久被你追上,你笑着说:"以为这样我就看不到你吗?"

你出差,总会给我带回小礼物。就像此刻我正喝着的,是你从安吉带回来的白茶。我还记得那天你告诉我你在浙江的时候,我正站在窗边看那年的第一场雪。你在盘旋的山间公路上问我:"带点安吉白茶给你好不好?"

有一次同学小聚,吃完饭继续去酒吧,你在嘈杂不清的包厢里硬要为我点一首歌,说要听我唱。那首歌是杨钰莹的成名曲《我不想说》。我笑着拒绝,说这多久之前的歌啦,不唱不唱。你却认真地坚持着,"唱吧。我记得这是当年你在学校里拿卡拉OK比赛一等奖的歌。"我倒怔住了,"这你还记得?"你喝完手中的酒,笑了一下,"你跟我说过的话，我都记得"。

偶尔我用一些成语，你问我什么意思，我就嘲笑你。你从不介意。我知道你让着我。你也能说出很多我不明白的工作术语，但你从不这样回击我。

这些年，我们见面不多，交谈也寥寥。你从来只说很少的话。

我明白，有些话，年少时如果没有说出来，那就永远也不必讲出来。

谢谢你的包容，成全了我如此多的虚荣和放肆。

我曾答应过你，写一篇关于你的文章。你当时很高兴，说真想知道你在我心中是什么样的形象。

可是我似乎也不知道从何下笔，写过很多人，却总觉得还是写不好你。你曾说过，这么多年了，在你眼中，我始终仍是当初那个漂亮、聪明、好学的小姑娘。在这样的年纪，听到"小姑娘"这三个字，其实是要起一身冷汗的。但你说得无比真诚，你的真诚为这句恭维添了不少让人信服的砝码，或者说，我还是选择了相信。因为借着这句话，我感到我和年少的自己，和那个充满理想情怀的少女，还没有楚汉相隔。

我想，我身边，你这样的朋友当然可以没有。但如若没有，世间何其荒凉。

路痴的哀与愁

有些习惯或者能力,就像致命的爱情,一旦沾上,便再没有还击之力。比如"路痴"。

关于"路痴",其实也是要分等级的。轻度的是在一个陌生地方找不着北;中等程度的,只能在以家和工作地为中心画半径不超过 500 米的圆圈,超过圈之外的,会懵懂误路;重度患者是像张爱玲那样的,在一栋公寓里住了好几年,别人问名字,心中一片茫然。

在我所认识的人当中,没有人比我更担得起"路痴"这个称号了。据自测,程度也已至中级。

直到前两年,我才学会看路牌,之前的人生全凭着看标志性建筑或是感觉左边或右边来度过。明明知道上北下南左西右东,一旦面对地图,依旧两眼发黑。在外地读书时,要是一个人出去逛,就随身带着小本子,把沿途路线记下来。

无论绕多大的弯,一定秉持原路返回的原则。

流浪

而有些人，去过一次的地方，那里的街道走向、商铺住宅，都拷贝般地印在脑里，若需重逢，能毫厘不差地遇见。在宛若迷宫的地下停车场里，能毫不费力地找到之前所停的车。那些七弯八拐的线路，或是怎么也记不住名字的路牌，他们神奇地穿梭其中，不被任何相似的建筑所迷惑，像传说中的武林高手，百步穿杨，一剑封喉。

对于这样的人，我向来只有膜拜的份。所以有时也疑心，路痴是因为理科成绩不好吗？可遥望我的学生时代，也是代表学校参加过理科竞赛的呀。这么说来，路痴似乎和智商也扯不上多大的关系。科学家做过实验，大多数的动物，比如黄金地鼠，即使把它的双眼蒙上，并七拐八转地带到一个远离巢穴的地方，它还是能够找到回家的路。据说早期的人类是通过几何学知识来定义周围的世界，随着人脑的逐步开发，推理能力越来越强，慢慢地，直觉导向能力逐步减弱，转而通过推理和经验，通过建筑和路牌来寻找回家的路。看来追根溯源，应该是我的推理能力远逊于这个时代。

某一次看电影的中途接到快递小哥的电话，急吼吼地问我单位到底在哪里。我问他身处何地,他说,文峰公园北门。这不就正对着我们单位南大门嘛!于是,我跟他描述了怎么走,5分钟过去了,他还没明白,我也更加"辞不达意",彼此都压着心头的怒火,假装谦和地唧唧歪歪。后来,我弟见我久久不进去,出来寻我,见状叹了一口气,抢过手机,"这位大哥,听我跟你说吧……"

其实我也不是没有羞耻感。这么多年,一直心存私心,想找点托辞,为这份"痴"贴点金。

张岱曾振振有词地说过:"人无痴不可与交,以其无真气也。"一度引其为知己。然而仔细一想,先生所说的"痴",也该是书痴、画痴级别的,满溢着"爱书正与此身仇,半夜三更写未休"的文艺气与学者范儿。再不济,茶痴、棋痴,甚至虫痴都行,总之,都是有癖好的真性情人,跟这傻气满满的路盲好像完全不搭边。

前些天看到闫红的一段文字,那一刻的心情,只能用《桃花源记》中的一句话来形容:"仿佛若有光。"她写道:"有意思的是,有些人喜欢强调自己的路痴。我猜想,她们想强调的,不是路痴这个事实,而是那么一股迷糊劲儿。那股迷糊劲儿,是一种致幻剂,是可以呈现出一种区别于庸人的非尘世气质的。太能干了,就显得不那么文艺。"

当个才女真好,她替你说出了很多撑场面的话。

这以后再有人笑我路痴,就索性装疯卖傻:我这么有诗意,怎么能不是路痴嘛!

少年丁康

迷途

少年丁康终于辍学了。

就像悬置已久的一桩案件终于有了定论。那些飘荡了很久的没有任何作业的日子，和同伴们深夜骑着电瓶车呼啸在大街上的日子，这些日复一日的时间，累积在一起，终于变成了一道哲学命题，从量变转成了质变。

这位 16 岁的少年，辍学了。

他的母亲，端着一碗浮满红辣椒的饭菜，吃几口，向着她的房东——我的母亲，抱怨几声："怎么办呢？就是打了他也不听！"夹杂了贵州口音的普通话，半是委屈，半是解脱。听到最后，仍是那句"怎么办呢？说什么他都不听"。余音颤颤，像要寻求世间诸人对身为母亲的原谅。

我想，从今往后，大概会真的越来越不认识他了。

我认识少年丁康，已经有 8 年了。跟着他的父母成为我家的房客时，他才 8 岁，上一年级。彼时的他眉清目秀，腼腆而乖巧。放学后一个人回家，大书包"哐当哐当"拍打在后面，我总会笑着喊他："丁康！你屁股又在敲鼓啦？"小男孩朝我瞥一眼，垂下眼睑笑笑，从不回话，迅速地钻进屋里，端出桌凳开始写作业。我有时好为人师，无事时常喜欢看看他写什么，他的字迹清秀工整，偶有不会做的题目，也会小声地问我怎么解答。

暑假里，他写完了作业，一个人在屋里看电视。有一年看的是《亮剑》。我闲的时候，也便搬张凳子跟他一起看。这往后，到了《亮剑》播放的时刻，他看我的车在家，便喊：

"哎！电视开始了！"我便趿着拖鞋，匆匆忙忙下楼来，一大一小两个人，稳稳地扎在凳子上，一看就是大半天。每至兴头处，小男孩拿起一根木头作长枪，哇啦哇啦乱扫一通，也很有壮怀激烈的豪情。

就像惊蛰过后是藏不住的春天一样，小男孩丁康成长为少年丁康，也就在这一两年间完成了蜕变。每隔一段时间，就看到他的个子又长高了，头发的颜色又变了，来找他的女生新换了一茬。如此反复，像一棵不肯正常朝天空开枝散叶的小树，终以自己的魔性，倔强地横生出了枝丫——16岁的少年，某一天毅然地决定辍学。

没人知道到底发生了什么。他对前去劝说的亲属报以淡淡而沉默的微笑，将他父亲盛怒之下打断的藤条，瘸着扔进了垃圾桶。

现在，以我的上下班作息规律，已不能正常地碰到他。但那一个夜晚，我在他辍学的中学校园跑步时，居然奇迹般地遇到了他。他站在篮球架下喊了我一声："哎！要不要吃鸡柳？"他用竹签扎起一根，递给我。刹那间，我的心中闪过无数个如何询问他的开头，我总相信其中会有惊心动魄的故事，一想到那些秘密今晚也许会"破土而出"，我竟有种紧张的无措。心中甚至暗暗祈祷，看在当年我们也曾一起追过剧的情谊上，愿他在这一刻会有倾吐的念想。可他始终只是笑嘻嘻地吃着，三口两口便已嚼完，还没等我把那句小心翼翼的询问送出去，他便已飞速地跑开，说一声："我去打球啦！再见！"

月光浩荡，他跟他的同伴们把篮球打得异常疯狂，一下一下击打在这个他曾经每天都会经过的操场。

我站在那里，有些发愣。我和这16岁的少年之间，沟壑已是千里万里。那个我一直以为的黑洞，也许根本就不存在。他可能只是觉得没劲，只是读不进而已。而即便有些幽暗的故事，我也不会成为他诉说的对象。他8岁的时候，我们在安静的房间里看很长的电视剧，在无言中建立起一种默契的、难以置信的友谊，到了人生的某一点上，这种联系就消失了。从此，我们之间剩下的大概就只是"呵呵"两声，然后擦肩而去。

这位16岁的金发少年，每天呼朋唤友，经常不醉不归。他的青春如此生猛，这是他一生中的黄金时代，也许他会认为日后的人生也会像16岁这样的夏天一样，永远生猛下去，直到有一天不无懊恼地意识到，人生本质上就是一个受锤的过程。可少年丁康在16岁这一年，他不会意识到。他只感到人生中有很多的奢望、很多的爱，有很多的命运可以选择。

我隐隐觉得这一切未必好，可什么又是更好的呢？

少年丁康，愿你以后能走自己想走的路，如若没有，愿你在不幸中学会慈悲；愿你会有很多人爱，如若没有，愿你在寂寞中学会宽容。

我想认真地虚度时光

5月的南京,有一种奇妙的悬浮感。

春天仿佛已过,夏天却还没有想好接手。这一周的天气,有时得穿着薄毛衣,有时又只能穿件短袖T恤。房间外面全是高高的梧桐树,它们被修葺得很科学,枝丫全都往斜高

闲憩

处延伸，遮挡了人行道及大半个马路面。没课的时候，有时趴在房间的阳台下，看梧桐树下的一对老人闲闲地聊天，有时他们也下棋，花白的头垂下去，好半天都不抬，光阴像纹丝不动了一样。这一静，和他们身旁来往穿梭的车流一起，构成了我所看到的阳台下，这座城市的市井风情。

每年的5月，都会去南京上一次培训班。每次的课程，照例有很多人报名，照例也会有很多人缺席。而我，总是属于乖乖坐在教室里的那一个。与其说是迫于学规的"威慑"，不如说是为了验证自己坐得住的定力。在当下，取巧或者说解构严肃已逐渐成为生活的主流时，很多时候，我们变成了那个害怕别人说我们认真的人，总担心认真就意味着无趣，意味着古板，意味着与鲜活世俗快乐的隔离。但在真正认真的人面前，任何的用力过猛都不算失态。就像在这样一个大教室里，早到半小时的我，永远都会发现有比我更早到的身影，安静地对我微笑示意。

用笔记本记录，课间休息的时候站立活动一下，顺便喝点水，有想法却依然怯于到讲台之上与老师交流。每当此时，自己都会哑然失笑。离开学校那么多年，混迹世间也已多时，然每身处教室之中，当年的学范儿，好的，不好的，一股脑儿全又回来了。时间虽是个线性的怪兽，但很奇怪，在有些时候，它也会温柔地慈悲，借着某些契机，我们得以与心心念念的那个自己相逢。

这个季节，梧桐树长出了繁绿的新叶，柳絮也悠悠乱飞,玄武湖边三三两两地走着行人。我也跟同事一起,围着湖边,散了一大圈步。说几句,或者不说话,只慢慢地走,像两个老年人。近处的湖水并不清澈,所以得尽力把目光投向飘渺的远方。紫色的菖蒲,黄色的菖蒲,在水边亮丽地开着,不时有水鸟低低地掠过。我们靠在石椅上,直坐到晚风渐凉。

如果能把从自我身体贯穿进去的时间看成是自己所有的话,那我就是这样漫无目的晃晃荡荡地用掉了它们——5天,120个小时。好像是依着了它一贯的流水节奏,又好像没有。因为我将这5天从整个的时间段里截流,像个败家子一样,奢侈地度过了它。

仿佛就是日常生活中突然出现的一个"节庆日",借此名,我们被允许可以暂时中断平常的生活轨道,不上班,不做事,不接无谓的电话,不解释。可以被允许豁脱平日小心翼翼的言行和思维,一部分的规范和定律也可以暂时冻结。很多素来想做又不能做的事可以一一地去尝试,财富、情感、精力,那些总一心揣着的珍藏,也可以去浪费。这独立于日常生活之上的"节庆",它们与生俱来的繁华与狂喜,必得用一种迥异于日常的奢侈和浪费才能配得上它,就像诗中所写的那样,"我想与你虚度时光……直到所有被虚度的事物/在我们身后,长出薄薄的翅膀……"

5天结束了,我又重新回归日常,和所有人一起,耐心地过完这个让人充满无力感的5月。似乎也提不起更多的气力去做一些有意义的事,因为对于什么是意义,也已经含混不清。这倒让人深情地怀念起在他乡之城虚度过的那些光阴:在巷陌走一走,抄一抄课堂纲要,在苍茫的湖水边背几句诗词,吃几顿他们的鸭血粉丝。虽明知以此来对抗生活的虚妄终究是徒劳,可王小妮不也早就更加深情地劝过我们:哪怕这一切是徒劳,也要让这徒劳发生。

茶 语

俗话说,"喝酒见人品,喝茶见性情",应该是有道理的。

有一些人,出门、远游,挪不开脚的总少不了当地的特产茶叶店,在店里一坐半天,被热情地邀请闻香、品茶,店员小姐的白手飞快地在眼前辗转腾挪,一边告诉你,这是洒,这是泡。他们会沉着地微笑,接过素净的小碗,喝一小口,然后多半会说两个字"不错"。其实心里是很想多冒出几个专业词汇来的,然而正如书到用时方恨少,他们对于茶的了解大多来自旁人讲述或是百度百科,盘踞不进大脑。"不错"是他们用来应对热情店员的基本对答武器。反正最后总是要掏钱买些回去的,而买回去的结果也无外乎用平常的杯子一泡,一喝一整天。茶水淡了的时候,甚至就直接加点新的进去,囫囵地继续喝。所谓"不错"与"好在哪里",还有那些一二三四的步骤,一旦落地到日常,其实没有区分的意义。

而我很不幸的，恰巧就是这样的人啊。照理疏懒的人最好就该稳妥地囿于一角，然而现在通信如此发达，朋友圈中又总少不了几个爱茶人，于是时不时地就会有一些带有隐隐刺激性的照片出来，杯杯罐罐的一长排，茶汤再给个特写，阳光下有种超越一切世俗的清气。倘若去造访，他们会热情地请坐，给你泡上一杯茶，顺便告诉你，这是某地某时出产的白茶或是红茶。就像考试时终于碰到了那道不会做的大题，每逢此时，我就感到惶恐，又很自卑，受到朋友的茶道礼遇，人之常情，我难道不应该顺势接上话茬，谈一谈对茶的理解，称赞一下刚入口的茶汤的美味吗？然而很可惜，我只能真心地表达出后者的意思，对于前者，我只能讷讷，人在椅子上，简直不能坦然地安坐，恨不得榨出自己这身袍子下藏着的"无知"出来。

但我的内心又像努力做些不必要的反抗似的，有时也会生出一些微微的腹诽：不就是一杯茶吗，何苦要搞成快要净身焚香才能出手泡制的地步？

春节期间在上海的一家 Max Mara 专柜，试穿它们家最经典的 101801 大衣。店员戴着白手套，一边给我整理衣领，一边轻声告诉我，这件大衣看似无比简洁，制作工序却超过 170 种，每一片布料的剪裁，都要用绸缎轻轻地盖在上面，手工缝制时，要 3 厘米缝 11 针才能保证两面完全一样……虽然我无数次地看过这件经典驼色大衣的介绍，这些数据我也能倒背如流，但在灯光、白手套、店员礼貌又矜持的微笑多重环绕中，人不由自主地就对身上的这件大衣起了一种庄敬感，有那么一刻，好像微醺地感觉到自己穿着的不仅仅是件大衣，而是时间，是历史，是无数道手工技艺的结晶——这些，不正像有些人沉醉于茶道的原因吗？

穿一件101801的大衣，或者选择从淘宝上买件明星同款；遵循着一道道谨严的工序泡茶，或者选择一个杯子简单粗暴地喝半天，有异曲同工之处吧。选择前者的人，于无声处听惊雷，对生活的某些品质和细节，有种特殊的坚持，他们会比后者更多地听到新茶在水中绽开的声音，闻得出谷雨前和清明前的香味有什么不同，对人生的诸多细微处也许有种更深的体贴和关怀。相比之下，我这样的后者对生活简直有种混不吝的天真和粗疏，充满了一种不管不顾的草莽气。

我佩服那些精于各种我不会也学不来的技艺之人，人最不怕负担的，不就是优于常人的技艺吗？可是到底什么才是喝茶的王道呢？精致有精致的妙处，粗暴也有粗暴的爽利吧。

夏天的晚风刚起，一群少年骑着单车冲过街角，在下行的大道处忽然松开车把，在无数混杂着担心和羡慕的声线中绝尘而去。

这处处皆是规则的世间，人生偶有的一些放肆和快乐，也许就在那松开车把，不管不顾的一瞬间吧。

春天里

在乡村,一座庙宇或是一次集会,对于日渐分离、逐渐老去的乡村人群来说,是仅剩不多的得以大会晤的凭借。我所在的这个村子,有一座庙龄近百的小庙宇,每年的大年初一,四面八方的人都会赶来,我也会在这一年一度的热闹集会中,见到一些一年几乎才见一次的人。比如成伯。

这几年,我跟成伯就保持着这样的见面频率。其实成伯就住在我家不远,但我早出晚归,很难跟他碰到面。即便遇到了,也没多少话说。翻来覆去往外掏着的无非就是"成伯你身体还好吧?""梅梅(我的小名)在哪上班啊?""有出息啦……"而这样的对谈又仿佛并没有进入我们的大脑,因为下一年碰到了,又会继续重新问着:"成伯身体还好吧?""梅梅在哪上班啊?"前几年猛然遇到成伯时,我还暗自吃惊于他的老态,白发颤颤,腰背微驼。我的记忆中,成伯总还是那个小时候骑车经过谁家门前，总要爽朗地笑着慷慨地拿出一点零食给我们的上班男人。大概因为成绩好的缘故，在同村的小孩中，他又格外对我疼爱，我们一群小伙伴要是踩踏了他家的田地，唯一不被骂的人就是我。那时的成伯还很年轻，光辰正好，还远未曾预料到他晚年的景象，会独住一间小屋，给儿子守着一栋楼。

见过几次之后，我也就逐渐适应了成伯的苍老，再见面也不会诧异了。二十多年一眨眼就过去了，老去的加速老去，长大的也已长大，并且逐渐也在变老。成伯大概也只是像当年那样，包容着接受我的变化，不说而已。每次他都看着我，慢悠悠地问几句，间或夸我一声。我的个子都和他齐肩了，他还是会从衣兜里抓出一把瓜子或是几颗糖，塞给我。我当着他的面吃下，笑着跟他道别。

但这一次，我却要在一个新的地方见到成伯了。听说他骑车摔成了骨折，被儿子送去了养老院，说那里有人照顾，挺好。"呵！"妈妈讲起这件事，从嗓子眼里哼了几声。那时我正在跑步机上跑步，满身的热汗中忽然渗进了一丝寒意，然后又转成一种说不出的燥热。我停了下来，对我妈说："明天我们去养老院看看成伯吧。"

养老院里的成伯安静地躺在床上，有个比他年轻些的老人充当了他的护工。一看到我们来，成伯坚持着要起身，被我妈劝住了。养老院真是一个各种老态的展示地，上了年纪的人到了这里，大概就彻底接受了自己的衰老和无助，再也不去和时间作不必要的抗争。背驼的可以放心地更驼一些，成日打瞌睡的守着下午的暖阳，可以眯上半天。80岁还坚持自己骑车的成伯在这里，也顺从地成了一个蜷缩在被子里的小老人。在这个住了两位老人的房间里，不知怎的，忽然感到很逼仄，目光简直不能和成伯对视，那一双忍受着伤病之痛的老人的目光，浑浊但又很自尊。他在跟妈妈说着，昨天儿媳还来看他的，带了水果……妈妈在附和着："是啊，她也没办法，要带小孩嘛，反正你在这也蛮好的……"

是啊，除了说好，还能说什么呢？最南墙的那位老人，在我们进门时就面朝窗子坐在藤椅上，任何声响对他都是浮尘，他连回头一看的兴趣都没有。直至我们离开，他的背影都没动过。成伯瞥了他一眼，对我们说，那个老人家老可怜了，儿子来看他，几乎都是空手的……

缺了好几颗牙之后，成伯的口齿已经有点不清，但这句话里，他还是清楚地传达出了一种怜悯，一种弱者之间对比后胜出的优越感。在这样一个由于各种原因离开了家庭而在此度过余生的老人集中营里，打眼望去的一切，似乎总和颓败、衰弱联系在一起，即便春日暖阳遍地，也很难有足够的力量穿透这弥漫一切的衰败气。可是人在无可挽回的衰老中，在一群生命的弱者抱团取暖中，还是会有些揣在心兜里的比较和衡量。谁的身体更直一些，谁床头的水果零食更多一点，谁被探望的次数多一些。也并不是一定要分出个胜负，只是这样的比较刚好能填补内心或深或浅的被剥夺感，也许正是这细微又孱弱的一点虚荣，才支撑着很多像成伯一样的老人一天天地过下去。什么日子不是过呢？从独居小屋到被送养老院，成伯大概早就默认了自己的命运遭际，这个世界从来没有完美无缺的彼岸，只有良莠交织的现实。成伯连怨恨都没有了，只是接受。就像余秀华在她诗中写到的那样，"生活不用我去扛／生活怎么来／我就怎么过"。

那位面朝南窗的老人始终没有转过身，这也使得成伯能多表达了一阵对他的同情和惋惜。我赞同了几声，成伯很高兴，叫我吃糖。

外面正是浅绿变深绿的青翠人间，一排的蓝黑褂老人坐在椅子上，有人垂下头去，大概做了一个最沉的梦。忽然想起那首《春天里》："也许有一天，我老无所依，请把我留在，留在这春天里……"

我想，明年的初一，可能很难再碰上成伯了。

黄 金 年 代

前几年"穿越剧"流行的时候,我所在的城市电视台也应景作了个抓拍采访。我正是在那个阴冷的下午,和摄制组的几个人狭路相逢。他们没体谅我作为微胖人士上镜的悲哀,而是直接拽着我,问"如果可以穿越,你想回到哪个时代?"我当时一定是太计较自己的形象了,脱口而出就是想回到"唐朝",因为像我这样的人,说不定回到唐朝还是个美女。

在跟他们道别后我就后悔了,我想当时其实应该表达出这样的意思,如果可以穿越,我想回到春秋战国,想跟着孔夫子,"浴乎沂,风乎舞雩,咏而归"。无论如何,这样总要显得我读过一点书,不那么泯然众人矣。

为了这个遗憾,我几乎想找个机会重新被采访一次。

去年底,去上海看了刘若英的演唱会。说起来,刘若英大概是我漫长的听歌岁月里唯一没有随着时间流逝而被"抛弃"的歌手。对喜欢的歌手表达爱意的最好方式大概就是去看她的演唱会吧，像作家黄佟佟说的那样，既共处一室，又遥不可及。那个晚上的梅赛德斯奔驰文化中心，几乎座无虚席。刘若英的状态极好，身材玲珑，扎起高高的马尾，让人仿佛又看到了《新结婚时代》里的顾小西。她唱满3个小时，气都不喘，返场两次，但一直不唱《后来》，已经深夜11点半了，全场喧哗而沸腾，荧光棒里飞舞的喊声一阵又一阵："后来！后来！"她最终还是第三次返场，一言不发，唱了那首歌。我跟着一起唱，如我所想的那样，眼眶有些热，但看着刘若英离开的背影，忽然有些微微的尴尬，她和我们之间，这场意志与情感的博弈，谁输谁赢了呢？

看得出，她其实并不太想唱这首歌，她想展示给我们的，是她的这些年，是她感谢的那些《亲爱的路人》，是她和汤唯、周迅她们肆无忌惮在舞台上上演枕头大仗的《我要你好好的》，是她年过四十仍自信满满的黄金时代。而她的歌迷们，却只想揪她回到过往的岁月里，不管今夕何夕。

她抛给我们《后来》，然后扬长而去。

那一刻，真觉得她酷极了。

也就是那个瞬间，电光石火间，忽然想起了曾被问到的那个问题"你想穿越回哪个时代？"一直有些张望的心有了一种突然的安宁。哪里会是更好的时代？唐朝吗？一想到"烽火连三月，家书抵万金"，顿感安康时代的可贵。春秋战国吗？孔夫子在前，也得自我思忖有资质才能跟随。"浴乎沂，咏而归"，谈何容易？

很早以前看过伍迪·艾伦的《午夜巴黎》，青年一直向往20世纪的巴黎，在他心中，那一定就是一个白衣飘飘的年代，直到一辆古董车将他带回过去，在和那些仰望的大神近距离接触后，青年还是决定生活在自己的这个年代。世间万物，最神秘的诱惑不外乎只可观而不可得。我们和心仪的人、心仪的事、心仪的世界，必得保持着一个安全的距离。所谓美好，多半靠的是我们爱慕的想象。

一个人大约总要在很多次的取舍和不可得之后，才终于能安下心来接受身边的一切，这份不圆满，是一种妥协，也是一种情分，人不能删去生命周遭所有不如意的地方，和它们共存，就是一种命定的情分。作为凡俗的一份子，开创不了时代，那就全身心地、投入地爱我现在的这个时代，像一位真正的勇敢者那样，敢于拥抱最好的，也敢于承受最坏的。这世上有些人，会一直走，一直走，直到成为神，让世俗的标准再也评判不了他们，而更多的我们，依旧得沉浸在缭绕的烟火气中，和热气腾腾的俗世生活打成一片，间或探出头来，朝心底某个蠢蠢欲动的方向遥遥张望一下，转过身，也许才能更踏实地热爱这个时代。这是爱，也是不得不爱。是习惯，也是注定。很久很久后的某一天，也许也会有人热切地盼望能重回我们的这个时代，我们的微信聊天、电子邮件在那时也许带上了古人"江南无所有，聊赠一枝春"的幽远意境，我们现在很多的遗憾，在那时变成了一种供人怀恋的古典，在一拨做着穿越梦的人儿当中，成为他们心中口中念念不忘的"那些年"。

有生的岁月，都是黄金时代。

闪亮的日子

作家鲁敏有一次应邀到我们单位作过一次报告,我对那天的鲁敏印象很深。

其实对鲁敏这个名字早已不陌生,很久之前就读过她的小说《此情无法投递》《六人晚餐》《取景器》等,也总在不同的刊物上看到她不断发表的新作,只是从没见过本人。那种感觉,像是一位暗恋者看着心仪的对象永远活在云端,心里既欣喜又惆怅。

这几年,因为工作的缘故,不断能看到那些以前只能从书中看到的人物,或者讲座,或者开会。虽从不习惯拥挤上前索照签名,但也并不妨碍我暗自揣着一颗琢磨心。跟热切地趋前一步相比,我倒更喜欢这种默默的后退,远远的旁观。每见一位文学名人,他们的文字在心中摸爬滚打,他们的神情、语气、姿态、小动作,每一样都忽明忽暗地跟那些写过的文字互为引证,契合之处让人会心一笑,有种"身无彩凤双飞翼,心有灵犀一点通"的愉悦。这是一种可以预见得到的欣喜,所以喜则喜矣,总归少了一点意料之外的智力激荡和情感震动。正因此,鲁敏的那场报告才让我记忆犹新。

其实若论报告的内容,如她自己所说的那样,已在不同的场合说过很多次。我所感到新奇和吃惊的是,以鲁敏今日的文坛成绩,坐于主席台之上的她仍旧稀有地保有了一种生涩,有时甚至是微微的羞怯。那些讲过很多次的故事,关于她的出道,她的成长,她的蜕变,这些若换作他人,也许口齿会更伶俐,更懂得在哪处适时地暂停,等台下如愿响起的笑声和掌声;更懂得在哪里抖个包袱,或者来句无伤大雅的自黑,显得高处也能胜寒。但鲁敏不,她抛弃了这些技巧,只是在讲述,只是再一次将自己生命历程中那些微光乍现的时刻,一一拿出来,袒露出来给你看。有好几次,坐

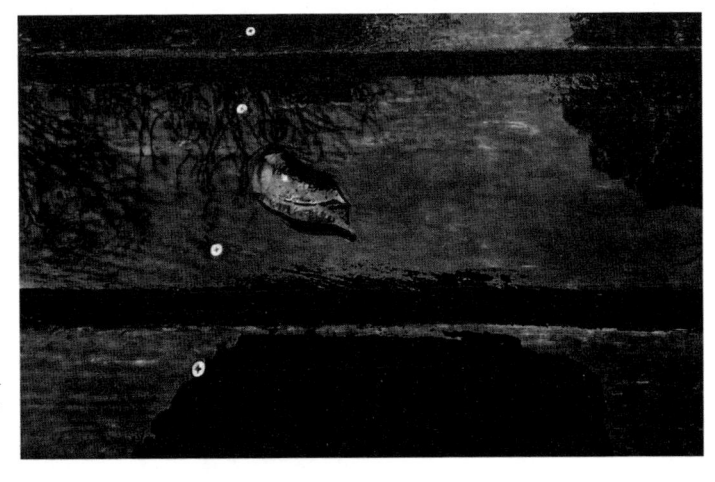

坚守

在后排的我都能看到她脸上露出来的不好意思，是那种去伪存真的朴素的羞怯。在听惯了太多高调的娴熟的正大光明的报告之后，鲁敏的那点微微的生涩，艰难地从一圈厚重的报告腔中突围而出，成为我自此更加喜欢她，却难以言说的缘由。

有些话最开始说的时候，可能真是一片丹心，但说的人多了，慢慢就变油滑了。就像鸡汤文里常有的那句"永葆初心"。但初心到底是什么？世间兜兜转转之后，有多少人还真能记得自己最初的模样？

亲戚家的孩子前年考上了公务员，男孩，比我小好几岁，小时候还曾拿着习题向我请教过，我也曾问过他的理想，男孩笑着说，想当医生，解决疑难病症。他泛着青春痘的脸上有种少年才有的清亮的光芒。好多年过去了，他考上了名牌大学的王牌专业，毕业后选择考公务员。几年过去了，我们在家庭聚会上碰到，他宛若主人，娴熟地安排一众亲戚一一就座，席间喝酒，每个人都有自己专属的敬酒辞。后来他到我身边坐下，喊我"姐姐"，他说："姐姐一点都没变呢……咦，你还没怎么喝呀？你的酒量都不见长，哈哈……"

我没能接得了他的话，连笑容都挣扎了很久才显得比较平和。他说的是对的吧。这么多年我怎么就一点长进都没有，碰到不熟的或者不对胃口的，硬是没办法"哈哈"地随机聊个半晌，也从来成不了饭局的主要角色，偏安一隅时，一定显得迂讷至极吧。可不知道为什么，在自我惭愧的同时，却又想起当年那个立志要当医生治病救人的小男孩，想起他的脸上曾有过的灼灼又清亮的光芒。他说的那句话估计自己都忘了，可我竟然还记得。

其实，我早应该把这些都忘记。我为什么要这样执著地记住那些自己的，别人的，我们各自生命里曾闪现过的那些瞬间啊！那些时刻在很多年后想来，天真得有点可耻。可是对我来说，那些瞬间，和理想有关，和远方有关，和心有关。只要我对它们仍有爱意，我就对自己的记忆无能为力。

见鲁敏的那一面是在一个春天，和这个明显已比我成熟老练的男孩见面也是在春天。可能每个人都会经历几个这样的春天吧，只是有人很快忘记，有人记录下而已。因为记录，我才能知道那些原本早应该随着年龄增长而被抛弃的生涩、羞怯、乖僻和倔强，依然潜伏在我的心里，我总觉得它们会让我丢脸，我很怕它们会不时地探出头。可我看到了鲁敏，我忽然有些敞亮的宽慰了。那些让我一直竭力想抛弃的东西都是我身体上的枝丫啊，剜掉了它们，我也会留疤的吧。那我只有把它们都放在心里，和我曾有过的那些灼灼的清亮的瞬间放在一起。这样想起时，我竟有了一种奇异的自尊，那份灼热虽不再太灼，却静水流深，依旧温暖。

我 的 城

仅向岁月微低头

回望

2017年的夏天，比往年结束得似乎要早一些。

其实也谈不上早，离房屋拆迁的截止日期尚还有几天，然而这些倒数着清空搬家的日子就像枯枝，一节节咔嚓咔嚓地往下掉，掷地有声。三楼一楼差不多都已清理干净，单剩下住着的二楼，一些衣服和书仍固执地堆着，被家人催了多少次仍懒着不去整理，佯装忙得要命，有饭局，有聚会，很晚才回家，这样我妈才没有机会跟我念叨"快点搬"之类的话。但心中明镜似的，本质上这就是阿Q般的逃避。虽然早就明白，时代的洪流面前，个人的不舍微不足道。

左邻右舍们差不多都已搬空了，铲车早已过来，有的楼成了一摊水泥渣，有的门洞空空，风从里面穿梭而过，像个滑稽的纳凉胜地。因为家有老人，我们得以多住一个月，这也使得我们家这栋房子在一众断壁颓垣中，显出了一种孤峰野岭般的突兀感。傍晚照例搬出小桌子在外吃饭，流浪猫狗在脚边窜来窜去，要不是临街的小商铺还在撑着人气，简直如在荒原中。

我妈早就在拆迁安置小区四处察看剩余房源，和先前已拆完安顿好的小姨一起，利用双休日，看遍小区南北。回来后就跟我们讨论，我不耐烦地听完三套以上的房屋类型介绍，哪里不是住？反正都是鸽子笼。每到最后征求我们意见，我都会像领导人做决策那般豪气地拍板："好，就选C套吧！"我妈又不乐意了，觉得我是在敷衍，根本没有像她那样殚精竭虑地为我们的余生所住考虑。

屋子这样的东西就是奇怪，人一不住，精气神什么的很快就散了，空心人似的，失魂落魄地杵在那里。一趟趟的搬家就是一次次带走它精气的过程，这些天来，我们家这栋小楼也日渐凋落了。有几个夜里，很晚才回去，车到楼下，暂时不想上去，就在车里坐一会儿，听听田地里的蛙鸣声。想起从小在这里长大的那些日子，哗哗地就这么过去了。十几岁的时候，最不想别人问我住哪，就怕说出这个地名，为自己的乡气又添上几分。直到经历一系列的人生大事，工作，辞职，离乡，再回来，从此真正觉得月是故乡明。秋天偶尔的一些周末，我也到自家菜地里挥上几锄，等到吃上自己种下的那几棵菜，简直有种功成名就的欣喜。浮夸，却真实。

那些安置小区我都见过，住在105和303有多大的区别呢？一样的井然有序，齐整划一，泯然众人矣。而这些在乡村大地上矗立着的将拆和未拆的房子，却永远如生猛的少年，绝不雷同，从不单调，院子多宽敞啊，宽敞到像我的一座城，让我想起张爱玲写过的"关起门来做小型的慈禧太后"。在这些敞亮的屋栋里住久了的人们，彼此间早就结成了不消明说的村居盟约，一种面对面的大义，面对面的慷慨。借了一勺子细盐，隔天必会相送一碟子咸菜，自家田地里的新鲜瓜果，总要挑好些的给旁人，歪瓜裂枣得留给自己。这是一种乡村生活积淀已久的相互惦记与诚信，是人与人之间的心灵盟约，多少的人情世故不用说出来，也不能说出来，全在这三婶四伯的称呼里，在串门闲聊的家常话里，在那些小碗大盆你赠我送的推搡里。

邻居们大车小车地装着东西从我家门前经过，我们总要问一句"搬哪去啊？"说一个住址出来，再加一句："来玩啊！"其实心中清楚得很，不会再去串门了。热闹的村子安静了许多，每家似乎都各奔前程而去，我妈也一如既往不辞辛苦地四处察看心仪的新屋，这栋即将被拆的三层小楼，它若有心，真想知道此刻它的心情。

前些天红姑家拆了，夫妻俩站在掀开了屋顶的楼前，呆怔了许久。我妈收回眼光，跟我说："铲车来我家铲屋顶，我是不看的，有什么好看的，赶紧走人算了……唉，19年了，这栋楼房我跟你爸建了有19年了，我以为能在这住到头的……"

原来都有19年了。我都快忘了。在它第19年的时候被拆，也好。中国人总喜欢整十数，图个圆满，所以它现在被拆，挺好，我终于可以不必深刻地记住它的年龄。这样一想，心里竟觉得很宽慰，仿佛是这个夏天里最圆满的一件事了。

湘西小记

去湘西的路上,我一直都在晕车,天气似乎也不是很好,也许是好天气,但在晕车的人眼里,一切都是灰蒙蒙的,无穷无尽的灰蒙,有一种永远不知道什么时候才能跳下车呼吸一口清冷空气的绝望。在偶尔不那么难受的间隙,看一眼窗外迅速闪退过的风景,水边伫立着的吊脚楼如愿出现了,一长排,似新非新,挂着大大小小的红灯笼,耳边有人在介绍,这只是仿凤凰古镇的,要看最有特色的沱江边的吊脚楼,只有在凤凰。

5天的采风行程,似乎也到了最值得期待的高潮部分,尽管每个人心里都隐约地明白,作为一个热门旅游景点而存在的凤凰,是不应该对它抱有很大期望的。那些口口相传的,或者在发黄的油墨纸上存在过的古镇、村庄、峡谷、栈道,其实早就不会是我们想象中的模样。但是人啊,也就是这点倔强，明知不可为而为之，总要心揣着一点侥幸的幻想，在异乡世界的一隅猎奇。

在经过了漫长的车程之后，黄昏时分，终于到了凤凰。简单地吃过晚饭，采风团一行人就各自散去，摄影的赶紧拿着相机，没相机的也赶紧揣着手机，三三两两地向夜晚的古城走去，据说，这是凤凰一天中最美的时刻。

夜晚的凤凰简直就是为酒吧而生的世界，沱江两岸密密挨着的全是各色酒吧，生意竞争得厉害，我们一路走过，不管有没有朝里张望，一律被热情的小妹拉住，极力劝说进去看看，而所劝进的话中，多半会说，这是欣赏夜晚沱江最好的位置。其他大概也说了，然而我们也听不清，和其他的古城或是任何一座城市的酒吧一条街一样，23点前的凤凰古城灯火通明，嘈杂又喧闹，简直没办法静静地在沱江边走一走，全是人，全是声浪，一不小心就会撞上穿着当地

那条江

服装拍照的游客,或者就撞上了旁逸斜出伸出来的自拍杆。在蒙蒙的细雨中,一边得躲开他们,一边想看看沱江上洒落的点点金光,简直有种"美人如花隔云端"的伤感。

第二天参观沈从文故居,一个清幽的不大不小的院子里依然挤满了人,一批接着一批,没办法在一个房间的墙壁前或是一张书桌前作较长的停留,后来我只能蹲在院子边一口水缸前,就着水缸里的几株水草,默默怀想了一下当年沈从文在这里写信给张兆和,夸自己的《月下小景》写得不坏,人那么聪明,全因为有心中的爱人时,那一张暗自偷笑的脸和眼神中满溢出来的爱之喜悦。像是着急应考交卷的学子,终于能在满片的空白处填上些搭边的话,在这被人群围剿的院落,在自己也参与的一众人声对先生故居带来的打扰中,因为终于记起了一点和作家有关的故事片段,我终于稍稍心安地吁了一口气。只可惜这传说中的强悍之都,家家尚武,不求温良恭俭的血色湘西,这迥异于江海平原的地域气质,在我们一路奔波匆忙的时刻,我很难感受到它的踪迹。

加缪在《鼠疫》里曾写过,要了解一个城市,比较方便的途径,不外乎打听那里的人们怎么干活,怎么相爱,又怎么死去。可是这些,都需要时间的浸淫吧,必须要慢下来,不急,不赶,没有无形的催促和焦虑,如果可以,我真想就蹲在沱江边看看女人们漂洗衣服,在没有顾客的小客栈里坐上半天,在寨子的某一个农家吃上一顿家常饭,很辣都没有关系,我想辣出眼泪来看看。我想跟一位不试图向我兜售小玩意的当地人说说话,如果幸运的话,最好能赶上某一位姑娘出嫁,想混在人群里,感受一下她们的"哭嫁"。甚至我都想换上短打,背着竹筐,爬一爬湘西的莽莽大山,在云雾缭绕中看一看脚下蜿蜒的沱江,江上没有很多的游船,只是一些散淡的小舟,偶尔来,又偶尔去。

3天就够了。如果没有足够时间的话,给我3天时间,我想做做这些事。但我无能为力啊,混杂在人群中,我像每一位尽职尽责的观光客一样,用手机,用自拍杆,留下了无数张不同的背景下几乎相同的姿势和笑脸,一直拍到对自己都生出了厌恶。眼前全是脸庞、背影和各色穿梭的眼神。太热闹的地方,总让人想逃离,在热闹的凤凰古城,想做一名安静的看客都成了奢侈。我只能一边遗憾一边幻想,跌跌撞撞地完成了这趟湘西采风行。

离开古城的时候下起了雨,又坐进了让人忍不住要晕车的大巴,隔着雨滴不断掉下的玻璃窗,再看一眼高高低低的吊脚楼,白天的凤凰不再光怪陆离,像卸了妆的民族少女,终于有了一种本土的真实感。而当我刚能感觉到一点它的真实时,我却要走了。人和人,人和土地的缘分,有时也就只能遗憾地那么浅,浅到我在回去的大巴上,闭着眼睛想了半天,古城留给我最深的印象到底是什么,不是从文故居,不是在那家小店争分夺秒地用明信片写下几句话寄给想念的朋友,也不是水边的吊脚楼,好像是那个老妇人。

就是那位老妇人。我们和她相遇在从酒吧出来的深夜沱江边。那会儿的沱江两岸,灯火终于暗下,在幽微的夜色里颤颤悠悠。我们回酒店,而她应该也回去,穿着当地妇女的服饰,一手搭一件衣袍,一手拿一张塑封好的大照片,显然是那种体验式服装照的店主或是店家帮工。夜色浓郁,她跟我们对面而行,越来越近,却没有半点想劝说我们拍照的意思,快要擦肩而过时,我看了一下她,她依旧目不斜视,径自而去。她的脸上,有种隐幽的清冷,又夹着一种深深的倦怠。

在这深夜的沱江边,在几乎已能隐约听到江水涌动的沉静夜色里,面对我们这两位潜在的顾客,她完全没有了利益心,坦然地放纵了一下自己,对我们施以了最淡然的无视。那一瞬间,我奇妙地感到了一种这几天来难得的轻松。

在湘西的这几天,一切太挤,太匆忙,眼中所见,又并非古城原生的日常百态,热闹倒是热闹,只是放在古城这里,像是给一块迷人的古代碑拓补上了太多的残缺,使得留白不在,这热热闹闹的人和物把不大的古城敷衍成了一部皇皇巨著,天光里没了从容,只剩下累赘的人事。

这一刻,老妇人脸上的孤独和倦怠,才是古城不可缺少的枝蔓,它让这些天这些年太过淤塞的小城,终于显出了一些美的端倪。

沈从文在《长河》里借着夭夭的口说过:"好看的应该永远存在。"

好看再加上适当的孤独,才是永远的存在。

养 花 记

大概从去年起,我居然也开始养花了。这在前些年简直是不可思议的。

小时候家里也种过一些花草,最后无一例外都死了。看着当初亲手挑选的植物在自己的眼皮底下一天天地枯萎、衰败直至身亡,一次次地体验到种植的败笔之后,花草在我眼里固然成了娇气的代名词,我对自己的某项生活技艺又生出了无限的自卑。不断意识到自己的短处,同时又似乎找不到解决之道,其实是一件很考验人性的事。所以在很多年里,对花花草草我都敬而远之,由此带来的最直接的后果就是我终于成功地变成了一位花草盲,成了连能记住"紫藤""一年蓬"之类都会得意地在比我更盲的人前炫耀的家伙。

单位自从换了新址后,空间比之前阔大了许多,很多同事慢慢地将办公室布置成了苍翠小庄园。说不羡慕肯定是虚伪的，但我实在很疑心自己，也包括对我的同事徐老师，是不是有养得活一盆花的能力。毕竟她曾经说过，唯一没有养死的植物是仙人掌。

于是有一阵子，我们俩在办公室里像两个忧国忧民的忠臣一样，仔细地讨论着要不要也养点花，养点什么好，要是养死了会不会心里有愧疚。我们在一本正经商量着的时候，老实说，真没能想到一盆花除了死，也可以被养得活，甚至还能越长越好。

后来我们决定从一盆绿萝开始养起。据说这种植物像家禽一样，皮实，好养，只要给些水，晒晒太阳，基本都能随遇而安。从花匠那捧回绿萝的路上，我们都有点小兴奋，又带了些难以言说的庄严，仿佛一个新的，极富象征意义的日子就此开了个头，往后是风生水起，还是每况愈下，全看我们彼此的造化了。

为了迎接它，我们把文件橱的橱顶收拾干净，专门给它腾出了空间，方便它日后可以将它的长藤悬挂下来。从它来到之日起，我们不自觉地，甚至是不约而同地开始了"相信未来"，每天爬高爬低地搬出来晒太阳，每周五下班前浇足水，去咖啡馆总要记得带两包咖啡渣回来做花肥，冬天的时候它黄叶渐生，我们一边念叨一边摘下来埋进花盆。它的茎叶逐渐地散开来了，油亮油亮的，看起来像地主家的傻儿子，又旺又壮，搬起来越来越费劲了，每当这时，我们都母性上身,一边埋怨它一门心思地痴长,一边却恨不得昭告天下:看,这是我们家的花。

从绿萝起,我们陆陆续续地养了吊兰、含羞草、孔雀竹芋,最近的动作是买了一个深墨绿条纹的大花盆,扦插了一小枝玉树,它的叶片小、肥,又圆润,像新生婴儿的手指,这是我们全新的家庭成员。

就这样,我和我的同事兼养花伙伴徐老师,史无前例地用了一种无比的耐心和好学的精神劲儿,在人生的某个当口,重新尝试并喜欢上了养花。对于她的一往情深,我无法揣测更多,深究自己的个中情由,大概是随着年龄渐长,生活逐渐稳定,某一类型的情感也随之相伴而生,比如被日常工作慢慢培养起来的耐心,不轻易被失败击溃的勇气,由家庭生活所涵养出来的爱心等。这些品行或是气质,在十几二十岁的时候,我常常是不屑一顾的,那时正是狂飙突进的青春啊,谁要静下心来安心地等一株植物开花结果?它的枯萎或是死亡,我只能匆匆划归为我的无能为力,没有时间也没有意愿去谦卑地满怀爱意地对待它。只有到了现在这把年纪,才终于慢慢变成一个大部分时候能善解人意,有一些力量可以慢下来的人。我和我的那些植物们,说到底,彼此都是幸运的吧,在最适宜的当口互相遇见。

有些事情,你想做并开始做了,缘分里的人和事才会一一涌现。虽然我也并不知道这份养花的热情会持续多久,但生活的本质不就是存天理、顺人欲?既然未来无从知晓，我就只管和它们过好当下的每一天。

那天早晨，我正低着头用湿毛巾擦拭孔雀竹芋叶片上的灰尘，徐老师忽然在背后说了一句："你现在真有点像《这个杀手不太冷》里的Leon哎……"

作为一名看过此片无数遍的Leon迷，还有什么比这句话更能慰藉我一颗辛苦养花的文艺老心脏啊。

春风可期

这一次,我终于看到了漫天的樱花。

想着要去看一场樱花盛宴,已经不是一年两年的念头了。

8年前的那个春天,好多个夜晚,我都在追一部叫《检

察官公主》的韩剧，那里面的女主是金素妍。很多时候，由于女主自带的光芒覆盖住万事万物，以致当时和现在，我都记不住剧中女二的名字。然而世事的吊诡之处却在于，现在我完全记不清金素妍的故事，但女二在某一个清晨踏上樱花大道的那一幕，却执着地念念不忘到现在。

她穿一件简单的白色连衣裙，戴着发箍，在樱花大道漫步，神清气爽，自在自足。我的心在屏幕前轰然作响。多少年来，我向往又渴望的，大概就是这样一个清新又刚健的世界吧，那种内生的拔地而起和蓬勃着的力量，刚好借着春天绽放开来。像崭新世界里的门猛然打开，而你还在一个旧世界里畏畏缩缩。那时还年轻啊，又正面临人生路上新一次的择业，焦虑，犹疑，患得患失。常常前一秒还豪情满怀，下一秒又胆小如鼠。很多不确定的复杂情绪郁积在胸，不得纾解，唯有狠狠地看书、做题，一遍又一遍。甚少出门，总是宽慰自己：熬过这一阵就好了，熬过这一阵再去拥抱你热爱的世界，去看樱花，看春天，做很多想做的事。

8年过去了，新的生活早已重新开始，可我对自己许下的樱花承诺还遥遥无期。当年总以为明天后天，或者明年后年轻而易举就可以去做的事，常常不明不白地就消逝在长河里，连个声响都没有。日子仿佛过得越来越快了，一天连着一天，多米诺骨牌一般，触手一碰，年头已至年尾，一晃就是8年。

这些年间，我可能越来越沉着安稳，按部就班，所以对很多具体日子的面貌已不大记得，但对四季光阴的更迭却逐渐变得敏感起来，像作家弋舟说的那样，生命开始敏感于自然的律动，肉体开始寻找天地间的气象来支持与安妥自己。于是每到春天，就无端地觉得自己格局太小，特别想腾身一跃，跳升到一个新的更高的境地，想要让自己的气象变得大一点，再大一点，不那么约束，不那么拘谨，也不那么随波逐流。心里有一种想要开荒拓疆的冲动，想用春天的磅礴浩气涤荡掉一些身上逐渐积累起来的朽气。

于是，再没有犹豫，这个 3 月，我去了武大看樱花。

天气并不好，人一如预想的多。同伴有些扫兴，我倒也未必。古诗说得好："儿童不解春何在，只拣游人多处行。"换到成人身上同样如此。樱花在哪里，春天可不就在哪里。

武大著名的樱花大道上，连绵的初樱开得并不内敛，大概也是想着总要对得起这四面八方的来客。可能也是未到限制入园的日期，人着实多。我的同伴是个热爱拍照胜于看花的人，她不停歇地四处找空隙，终于逮着机会留下了几张美照。而我多年前就梦想过的，在樱花大道上自在随意走一走的念想注定是不能遂愿的，前后左右皆是脸庞和肩膀。后来我努力抢占了一小块高地，稍稍俯视了一下这条大道，全是正面的头或是侧面的脸，中间夹杂着数不清的剪刀手。这情景让人恍惚有种在著名的博物馆里看珍藏品的情形，所有人顺流有序地前进，看几眼花，拍几张照，然后再把位置挪给下一位。

换到从前，我一定很憎恶这如织的人潮，满心厌倦，只想逃离，但如今，我竟然能很宽厚地笑纳这一切。人同此心，也许这滔滔的人潮中，也有不少跟我一样，被春天的风雷影响，感召到内心某处居然还有种神奇的悸动，仅仅一个与春相关联的日子，一处与春相关联的风景，便能让人无端地提振精神，想要变得轻盈，想要重来，爱情重来，气力重来，希望重来，所有对自己的不满意统统可以翻篇，对往后的日子重新一往情深。

有那么一瞬间，竟感到身边涌动的全是知己。

我终于还是没能在这条樱花大道上自在自足地张开双臂走一程，像拥抱一个虚拟的热望一样。物理空间的局促限制了我妄图对韩剧主人公的模仿，其实即便人群不过于饱满，我可以张开双臂，在我那位善于拍照的同伴看来，这姿势想必也是拙劣又矫情的。

所以，一切就在心里悄然进行吧，像樱花一样开而不语。这汹涌的人潮啊，让我说什么呢？也许每个像我一般凡庸的内心深处，都荡漾着自己都未曾写就但却渴望被读出来的诗吧。

汉中四品

说来惭愧,我知道汉中这个地方仅仅才是今年1月份的事。一位医生朋友去汉中扶贫援医,我们为他饯行,并叮嘱他自己多保重身体。两个月后,医生朋友回来,我们问他,

印象

汉中怎么样？他笑了一下说，汉中到底怎么样，建议你们自己去看。切！我们一齐抨击他的卖关子。

没想到的是，自己去看的机会居然来得这么快，3月下旬，作为南通文艺界赴汉中采风交流的团队成员，我也站在了汉中大地上，开始了为期5天的探索感受之旅。

汉中面食

一个人对一座城市的感情，可能首先是从吃开始的。食物是我们最基础的幸福感来源，是一种最底层最不能被伦理化和政治化的东西，是一种最本质的天人感应。而胃作为人身体中柔软又极富包容性的器官，它在吸纳外来之物的同时，又执拗地保留了一些固有的嗜好，比如喜辣，比如嗜甜。虽在沿海城市长大，但我好像一直被很多人笑称是一个假南通人。我不爱江海河鲜，清淡的饭菜吃不了三顿。陪同导游在接我们去入住酒店的车上说起汉中有四绝：面皮、菜豆腐、粉皮、浆水面，还特意强调了面皮是用调制好的麻辣酱料作为浇头。我的胃开始蠢蠢欲动，面食，麻辣，听起来就像是为它量身定制似的。

对汉中的好感就是从面皮开始的吧。说是面皮，其实正如导游所介绍的，实为米皮。酒店的早餐中，顿顿都有米皮。切好的米皮呈白色，不透，粗细如手擀面条。旁边摆着一大面盆佐料，油汪红亮，很有非嗜辣者不能近的气势。等到真舀上一勺浇于米皮上，一拌，入口却并未有多麻辣，这倒让直奔麻辣口味去的我，有些微微的怅然了。

与面皮相比，汉中的核桃馍，这种听起来就显得营养非常丰富的食物，则丝毫吊不起我的胃口。在汉中，在宁强，只要行之所至，几乎都可见卖核桃馍的摊点。有一日在诸葛古镇，经过一家店铺时，点心师傅正在现场制作。小而圆的一块，色泽橙黄，核桃的香气借着烤炉的热量散发出来，闻之沁脾。尝了一小块，口感有点类似于南通的本土小茶点桃酥。虽然店主极力劝说我们带些回去，我还是很不够义气地辜负了他。

回南通的前一晚，忽然下起了雨，我和同伴在酒店里对坐半晌，不约而同谈到此行最大的遗憾居然是没尝到一碗真正麻辣的面食。出去找找吧！同伴提议。两人撑着伞，蹚着雨水，破釜沉舟般地出了门。在一家即将要打烊的小面馆，让店家给我们做了一碗红汤牛肉面。汤一入肚，两人便长叹一声：这个味儿才够呀！都说汉中的饮食口味偏向四川，这碗巷子里的红汤面才真正地印证了这一点。麻辣鲜香，看似多油，入口却不腻。两人面尽汤干，靠在椅子上，心满意足，宛如大脑宕机。

诸葛古镇

在去诸葛古镇的路上，想起去年在湖南看过的两个古镇：芙蓉镇和凤凰古镇。前者的颓败之气已经无法掩饰，而后者声色交织，光怪陆离，早已不见当年沈从文笔下那个边陲小地的光景。但视线收回来，江浙之地的这些著名古镇，如周庄、同里、西塘，又能比凤凰幽雅到哪里去？有时想想也挺为难，游客的身影和古镇的质朴安宁之间究竟要达到一种怎样的比例，才算是如鱼戏水，如鸟翱林？

如果以这种评价标准来衡量诸葛古镇的话，那此时的它该是合格的。游人不算多，三三两两地走过，就算想骑车穿越，也有足够的空隙。店主们也只安静地待在自家的摊位前做生意，你买或者不想买，也大可随意。并不会像那些过于繁华的古镇上，一条街的，几乎都在声嘶力竭地吆喝："一律十元，件件十元"——像全世界都缩略成为义乌共同体。

但在诸葛古镇的这种喜悦并没持续多久。导游介绍的古镇实则是在去年刚斥资建成。眼前这些灰黑的做旧的青砖小瓦、屋宇亭台，忽然间就赤裸裸地现形于天地间了。失去了时间的包裹与冲刷，无论它如何自我定义为古镇，都有一种小童偷穿长袍的可笑与天真，像掉光了金粉的菩萨，一下子显出了贫瘠的木质肉身。

那么，就权且随性地来趟休闲游吧。看看"草船借箭"，默诵两段《出师表》，喝一杯酸梅汁，再叫上一份臭豆腐。浮生中的半日闲，倒也就这样轻松地度过了。

博物馆

我对博物馆，一直有种发自肺腑的敬畏。敬它的厚重，畏它的博大。这种心理，有点类似数学差生，单看到"华罗庚"三个字，也会忍不住双手合十，直念"阿弥陀佛"。

这一次，我去了两座博物馆。

名气更大的，自然是汉中博物馆。即便是在文物大省陕西，它也能跻身于陕西省十大博物馆之一，可见其藏品之珍贵。这其中，便有著名的"石门十三品"。当你面对它们时，就算是门外汉，无从一一分辨那些笔法线条的高妙之处，但那一股飘逸奔放之气，隔着厚重的玻璃，也照样能感到它的喷薄而出。

但相比汉中博物馆，我更感兴趣的，倒是位于宁强县的，观瞻游人并不多的羌文化博物馆。

在释比厅转悠时，看到了好奇了许久的傩面具。

一年多前读肖江虹的小说《傩面》，看他以一贯的民俗叙事路径记叙了傩村的傩面师秦安顺之死，我太喜欢那部小说了，不说语言的凝练入骨，叙事的冷峻与慈悲，单是其中对傩面与傩戏的描绘，就让人百读不厌，遐想非非。

傩戏的面具，可不止于物质的存在。在小说里，甚至小说外，那些生养它们的大地上，它们都是神性的存在。据说，傩戏的演员们不戴面具时都是普普通通的农民，喝酒吃肉，刨土犁田；而戴上面具，戏神的灵魂就进入了他们的体内，他们能与祖先对话，与神灵交流。

此刻，我眼前的橱窗里，那些上了年纪的傩面静静地躺在那。有主管祭祀的，也有祈福消灾的。那些被刻刀雕过的面部线条，在时间的浸润下，有些已经不那么分明了。但这里的每一具傩面，当年都曾倾注过傩面师的热情与虔诚，每一刀都见章法，每一步都有师承，左偏不得，右倚不得，依赖的全是"敬畏"二字。

而那些会唱傩戏的傩面师们，如今又散落在哪里呵？来不及啊来不及，太多的事来不及。这短短的半日，怎来得及赐予我更多的时间、更大的机会去亲眼目睹一场傩戏，亲身感受现世生活如何在这神奇粗野又盛大庄重的古老仪式中获得确认与安置。

得离开了，轻一点，别惊动了这些看似稀奇古怪的面具壳子。

汉中慢

在电影《奇迹》中，小田切让饰演的父亲对儿子说："这个世界也需要无用的东西啊，要是什么都有意义的话，不是叫人喘不过来嘛！"

若是把"无用"置换成"慢"，大概也同样成立吧。

在汉中的最后一天，收到那位曾来汉中援医的朋友短信，问我对汉中的印象如何。心里头忽然就冒出来一个词：汉中慢。说给他听，他哈哈地笑，是那种心领神会感同身受的笑。他又问，你觉得这种慢怎么样，像你这种性子急躁的人，还适应吗？

还适应吗？我好像也不止一次问过自己。

这些天来，我领略过三次印象深刻的汉中的慢。

在诸葛古镇，我见识过榨一杯果汁需要等到我发完一封长长的邮件;在一家饭馆,我们也有过吃完几道菜后可以出去散步一圈再回来继续等上菜的尴尬;但印象最深的,还是某个夜晚等一只削皮的菠萝。

那个晚上,我跟同伴在酒店附近的水果摊称了一只菠萝。和蔼的摊主大爷说:"姑娘,给你们削好啊!""好嘞!"我们大声地感谢他。

大爷在一张小凳上坐下,开始埋头削。我们站着聊天等,眼看着重心从左腿换到右腿,再从右腿换到左腿,大爷仍专心地埋着头,一丝不苟地在挑菠萝肉里的小黑头。我向同伴提议:"要不我们来拉伸吧,走了一天也累了。"

毫无形象可言的,两人在深夜的水果摊前开始了拉伸。放松完左腿、右腿,然后是背肌,然后是颈椎……大爷时不时地抬头朝我们喊一嗓子:"哎!那姑娘,你的背压下去!压下去!"

等我们拿到那只削好的菠萝时,也已经累得吃不了几口了。

但那个晚上,不知道为什么,我一直很开心。这大爷该是个多慢性子的人啊!我们笑着吐槽他。但这种吐槽的底色不是阴冷的,不是讥诮的,相反,是家常的、温暖的。

相较于南通,汉中这座城市的节奏的确有些慢,但又慢得自在,慢得安然。也许身为一座古城的风骨,恰恰就在于它的慢吧,不轻易被外界的时速所裹挟。在这个大量追求高快强的时代,汉中能稳稳地守住自己的这份慢,倒有一种别样的矜贵与自持。

想起那位陪同导游在最后跟我们告别时说过:"虽然你们也许不适应我们的慢,不喜欢我们的麻辣鸡,不爱吃我们高油高咸又不精致的菜,但我也一样不习惯你们的甜糯和清淡,不能忍受三天没有麻辣的日子,你要问我走过这么多城市,最喜欢的是哪里,我还是要说,是汉中。"

是的,当然会是汉中吧。

像舒婷多少年前就写过的那样:"你有你的铜枝铁干,像刀,像剑,也像戟;我有我红硕的花朵,像沉重的叹息,又像英勇的火炬。"

我喜欢的,你未必;你习惯的,也许我一直都很别扭。"帮扶"从来不是居高临下的改变,不是轻佻的自负,而是承认,是融合,是你退三尺,我让一丈,是尊重那些你与生俱来的,也许我一辈子都不会适应的信仰和选择。

说到底,这不就是世间万物天地众生的真实写照?有人山高水远,归途如虹;有人春耕秋种,一世平淡。而在世间历练时日后,才蓦然发现,无论去到哪里,生活都是柴米油盐,一日三餐。

唯愿我们两地彼此,祥和安宁,一切都好。

十 年

生机

有些日子是一辈子都不会忘的，忘不了，也不能忘。像十年前的5月12日。

那一天午睡起来，如常坐在书桌前看书，室友继续躺着，忽而朝我嘟囔："不要摇床啦。"我诧异地朝她转身，举起双手自证清白："我没摇你啊，我一直坐在这。"一阵轰隆隆的打击声从楼顶某处传来，我安慰她："可能楼顶在修什么吧。"床继续摇，室友躺不住了，坐起来，笑嘻嘻地说："不会是地震了吧，怎么晃得这么厉害？"两人在宿舍里拉手转了个圈，看，还在晃还在晃，修什么东西动静这么大？太搞笑了吧！然后就听见楼梯间传来人群涌动声，有人扯着嗓子喊："地震啦！地震啦！"我和室友慌不迭地跟着人群跑下楼，我还顺手拿上了钥匙，虽然并不知道带上钥匙有什么用，门又没关。

总之就这样没头没脑地仓皇地聚集在楼下空地上。周围很多人刚从午睡中惊醒，神情明显还带着无辜的不解，身上是睡衣睡裙。我有些庆幸自己衣衫整齐地挤在人群中，仿佛多得了一份体面似的。

通信暂时中断，所有人都在相互询问：地震了是吗？没人能给出确定答案，揪着心站那傻等，博士楼里的人也全下来了，看起来没我们这么慌乱，有人好像在说："不要急，等官方发布的确切消息。"

很快，通信恢复，汶川地震的消息确切传来，里氏八级。八级啊，眼前瞬间闪过唐山大地震这几个字，然后是废墟，是颓垣，是压在建筑物下逐渐失去生命的躯体……重庆的震感都这么强烈了,汶川已经是触目惊心了吧。身上的寒毛开始竖起来,一步步挪到六楼,宿舍里一片狼藉,书掉了满地,茶杯碎了,穿衣镜碎了。腿有点发软,和室友收拾东西,半天无语。原来真地震了,一点都不搞笑。

校园里开始热闹起来,好些人像仓鼠似的,不知从哪儿一下子冒出来,全都出现了。校园广播里温柔而镇定的女声一直在说:"请同学们待在广场、操场等空旷场地,暂时不要回宿舍……"后来的两周,我们都奉命睡在了灯光球场。

当时甚至现在,回想起那两个星期,都有种奇异的不真实感,像是跟外界现实的脱机分离。那时,我们毗邻的地方正惨痛万分,有人获救,有人死去,有人伤残,有人默默牺牲。而经历了最初恐慌之后的我们,则带着一种亲历历史性时刻的紧张感,在灯光球场度过了醉酒狂欢般的日子。

小店里的矿泉水、方便面和面包成了脱销产品,手电筒、电池等也一抢而空。我也随众抢下一个小储藏箱,装满水和保质期长的饼干,放在最醒目的地方,预备打一场持久战。

刚开始,宿舍楼里真没人敢进去睡,大家都捧着被子枕头,带着手机平板,三三两两地围睡在操场,很多人带了牌,只要凑足四人,牌局就可以大张旗鼓地组起来。要是谁电脑里下了一部大片,好几人就挤过去一起看,嘻笑声传得很远。男生喝着啤酒,女生敷着面膜,每天不到半夜两点不会安静。但无论多晚睡,都得问下身边的人:"哎,汶川怎么样了?"必须要得到一个答复才能睡去。学校倡议捐款,据说数额创下历史新高。好像只有每天关注新闻，尽力地多捐些钱，才能抵消掉一些千百人聚集在大球场共嗨的罪恶感——那么多人死去和正在死去，我们怎么可以这样兴高采烈地活着。

两周过后，开始有人陆陆续续地搬回宿舍住，有人走时很豪气地冲我们说一句："生死有命，富贵在天。"室友不肯回去，我说："那我一个人回去睡吧，没什么大不了的。"抱着被子枕头回了宿舍。楼里很安静，只有个别地方传来拖鞋走动声。我洗了澡，收拾了些东西，做了一份水果沙拉，边吃边翻书。至今都记得那天翻的是一本《读书》，看到的那篇文章是王家新怀念余虹的：《有一种爱和死我们都还陌生》。那些天里，"死"这个字出现的频率太高了，它好像已经不再是一个汉字，而是一个游走的魂魄。那个深夜，我在安静的宿舍里安静地看完这篇文章，关于一个生者对死者的追思，记住了王家新写的一句诗："青草的爱抚，胜过人类的手指。"

往后的十年，再没有一个夜晚像那天一样，安静中自有一股惊心动魄的力量撕扯着我，对文字的感受，也再没有那句诗在那个晚上带给我的震撼猛烈。我已经很久不哭了，可那个夜晚还是流泪了，那些埋在废墟下的人们呵，你们渴望的不是青草的爱抚，是人类的手指啊……

十年了，愿逝者安息，生者继续。

十年一觉荒凉梦

幕

当林奕华、张艾嘉和王耀庆这三个名字出现在苏州文化艺术中心11月初的演出通告中时，我毫不犹豫地抢下了两张票。那会儿还只是5月，离11月还有望不见的漫漫天光，但心里却有种非常愉快的慰藉感。那两张话剧票就像在下半年的生活里藏下了两颗糖，忙着累着的时候就会想，没关系，一切都会好的，因为11月的有一天，我要去看张艾嘉，去看王耀庆，去看林奕华。

等真正坐在剧场里的这一晚，我才发现我有点高估自己的欣赏能力了。前一个半小时的演出，不知道是不是因为低头回了几个不得不回的信息，以致延宕了我对剧情的理解——人对自己的能力有所怀疑时，总是下意识地先去找外在的原因。其实跟回不回信息也许根本没有任何关系，我只是不想很颓败地承认，在这出剧的前半场里，我真的完全，或者说至少百分之九十的，不知道他们在演些什么。

那种感觉很沮丧，它严重挫败了我想要好为人师的雄心。因为我的同事徐小姐跟我一早就约好，听说这剧有点难懂，如果她在看第二场的演出时有困惑的地方，我这看过首场演出的人要负责为她解释。而带着这份使命感的我，此刻坐在偌大的剧场里环顾，四周皆是如痴如醉似有所思的幽暗面容，衬得自己越发有种无知的孤单。

中场休息时，我在内心跟自己揪斗了好一阵：你是平时写一板一眼的公文走火入魔了吗？看个剧都要一下就分清主次轻重，恨不得时刻能拎出剧情走向的一二三点，你就不能放下这些执念，只凭着你的感觉去看，可不可以别这么自以为是的理智？

灯光重新暗下来的后半场，我终于能只凭一己之感，逐渐明白，这部名为《聊斋》的现代话剧，究竟在讲些什么。

王耀庆饰演的"蒲先生"开发出了一款可以定制聊天对象的软件，取名为"斋聊"，在那些量身定制的聊天对象中，就有一位张艾嘉扮演的"胡小姐"。时空层层穿越，胡小姐和蒲先生演尽世间男女几乎能有的一切遭际：恋人、夫妻、知己、出轨男女、分手伙伴、复婚伴侣，直至天人永隔。一只手机差不多就是现代人的一个小天堂，情感几乎都可以物化。蒲先生可以设定出最符合自己选择规划的聊天对象，在聊天中，他跟胡小姐几乎无所不谈，幽默风趣，半句不冷场。但一到真实的情感世界里，无论哪一种关系里的男女，却总是丧失有效的沟通，不，他们连沟通的愿望都已没有，生命的热情全部用在了本质上跟自我无关，跟爱人无关的他者身上。那些热热闹闹的情欲场景，不过是用蓬勃的性的欲望来掩饰日益枯萎苍白的爱的能力而已。

所以，那些衣着光鲜的男男女女，穿梭着，追逐着，寻找着，嗔怒着，开最盛大的party，想最黑暗的心思。愈热闹，愈鬼魅，愈苍凉——"生命是一袭华美的袍，爬满了虱子"，张爱玲70多年前写下的这句话，我居然是在苏州的一个剧场里，具象地体会到这其中的况味。

终场一幕里，喧嚣全无，世界安静如初，白茫茫一片真干净。胡小姐对蒲先生说:"见到你,就像见到一个新的世界。那个世界里,我们没有戏剧性的感情起落,没有其他人的观念会影响到我们,没有炫耀,没有自怜,也没有责怪,一起都是淡然而安全的。我们没有舞步,可是心灵却一起漫舞。也许,这就是最接近于我们所谓的,爱。如果我爱你,我就会懂得爱自己。然后,这就是我们的然后了……"星河流转,蒲先生站在原地目送着经历过一切经历的胡小姐走进她自己的时空世界,音乐声恰时响起……我用手抹了一下脸,居然看哭了。

摸出手机,先给徐小姐发了一条微信:也许你明天看到半途,会对未来的婚姻感到迷茫和恐惧,但你一定要像台词里说的那样,一辈子必须要彻底经历每一个阶段,包括那些又丑又慢的阶段,才能彻底地成长。还有,我已经先帮你看了你的"爱人"王耀庆,他很帅。

是的,张艾嘉很美,王耀庆也真的很帅,林奕华感性得要命。可是,他们毕竟都与我无关。我的爱人,在我身边。三个半小时的演出已经把他折磨得昏昏欲睡,但我还是握住了他的手。这份淡然而安全的陪伴,也许是这个文艺的夜晚里最有烟火气的爱意了。

我来是为看

临近年底，诸事缠身，加班加到戾气四起。很多个黑咕隆咚的夜晚，在楼梯里摸索着下楼，想着到底为了什么需要日日蜷伏在这些似乎永远也做不完的杂事中，胸口烦闷欲裂。恰在此时，友人S君发来信息，问我要不要同游日本，我几乎没有多加犹豫，就毅然地回复她说"好！"

飞往大阪的航班上，舷窗外团团叠叠的白云在眼前奔涌，纯净得像个微型雪国。真好，缓口气儿，暂时当个现实世界的逃兵吧。

所以，没有任何规划和攻略，甚至连S君给我发来的6天行程图我都没仔细看，纯粹凭着一股蛮荒之力蒙头就来到了日本。当那座著名的由填海造陆而成的关西机场逐渐清晰地出现在我视野里时，忽然想起西班牙诗人塞尔努达的一首诗："为此我要绝非固执地向诸多亲昵的东西致意 /

那头

朋友是天空的颜色／日子是变幻的颜色／自由是我眼睛的颜色。"这首诗来自《我来是为看》，那么，我来日本，到底是为了看些什么呢？

事实证明，我可能多虑了。跟团出行，看什么不重要，能一直维持充沛的体力才重要。到日本的第一晚，因为S君拿错了行李，原本想夜逛大阪城的计划立刻泡汤，两人一边懊悔自责，一边恳请地陪跟机场和航空公司联系，终于在第二天坐着漫长的新干线重返机场交换了行李，到酒店时已瘫成一团。

6天的行程，差不多每天都是披星戴月，日日顶着黑眼圈四处奔波。到第三天的时候我的嘴里已经起了泡，一说话就觉得半边脸疼，吃饭更疼。但是S君很高兴看到我这样，她说，终于能减缓一点她出了近2000元换回行李的伤感了。

去日本前刚好看到作家闫红写的一篇文章，说她这段时间都在日本，每天有很多的时间看蓝天、白云、铁轨、海岸线，还有叮叮当当不时开过来的电车，觉得若是在这样的背景下度过青春，会觉得这一生从开始就很奢侈吧。虽然我已竭尽全力消弭了任何关于对散淡闲适和小文艺情怀的预设，但看到闫红的描写，还是忍不住代入地想，我在日本，有没有这份幸运呢？

每天都抱着这样的怀想出门，每天都一身大汗地躺回酒店房间。算起来，这些天我也是到过大阪、京都、东京、丰桥和奈良的人了，但也只能用到过来形容，因为待在这些城市里的时间都必须节省到以分钟来计算。虽遗憾倒也没多大抱怨。每天在有限的自由活动时间里，像个被放风的囚徒般，和Ｓ君二人拿着记得满满的购物小贴士，四方觅宝，买到一个划去一个。这份读书复习般的热忱在后来的几天里居然感染到同团的一对老夫妻，他们索性放弃了自主购物，拎着篮子跟在我们身边，大块大块地往购物篮里塞，说你们买的东西，我孩子肯定也喜欢的。没想到在异国也能意外收获两枚剁手党粉丝，我和Ｓ君真是又惶恐又自豪。

这种和心仪之物亲密接触的所有瞬间，内心都充盈着一种饱满的喜悦。当然有苦累，但这些苦累都是自己的皮肉愿意承受的，和外界无关，和责任无关，和压力也无关。每天盘腿坐在酒店床上，一一清点着当天扛回来的战利品，那种满足与陶醉，自在和逍遥，一个人简直就是一个王国。购物的乐趣和效力大半也在于此吧。短短几天，竟然神奇般地治愈了我在国内累积已久的郁躁，内心重新装满星辰和大海。

在日本的最后一天，安排去富士山看雪。车子在盘山公路上蜿蜒前进，窗外的天空日益阴沉。导游一再给我们打预防针，说极有可能到时连富士山都看不清楚。果然，到了观景台，只见四面一团被踩得发黑的雪块，松林环绕的富士山，连个轮廓都懒得露一下。还好，失望过很多次之后，就不会再惧怕又一次失望，所以大家都很愉快地下车拍了照，证明了自己的确到此一游过。

下山的途中，天空又捉弄人般地放晴了。我也不想再看什么，准备昏昏睡去。忽然，有人大喊起来：彩虹！彩虹！

刹那间，一车人都沸腾了，赶紧向窗外看去。一弯巨大的七色彩虹横跨天空，俯瞰原野，凝望世人。车上人纷纷拿出手机，拍照的拍照，拍视频的拍视频，我什么都没拍，不想动，只想看。这趟日本之行，原本都已做好残缺的准备，没想到在没能看到巍峨辽阔的富士山下，看到了透亮的彩虹。彩虹闪光的这一刻，耳边喧嚣如潮，内心却一马平川，这真是6天中难得的黄金时刻，静谧安详，圣洁而高蹈，在凝望它的刹那，只觉"江欲其怒，涧欲其清"，人生中所有的问题仿佛都能得到回答一般。

屋宇宽厚，万物如此仁慈。千里迢迢来到这里，我哪有权利选择最好的，是这最好的时刻选择了我。一念至此，满心感激。

终将消失的爱恋

上半年很火的一档综艺节目《创造101》历时3个月，已经顺利收官。即使没有看过一次直播，在铺天盖地的公众号推送、微博转发的轰炸之下，几乎也"被看完"了这场101个女孩子的决战之路。甚至我还很八卦地问我的学生，你喜欢孟美岐还是杨超越？

有时下课路上跟她们聊聊《创造101》，那些刚才还被课上的应用文写作折磨得面如土色的女孩们，瞬间恢复了元气。"我是山支大哥粉！""我爱吴宣仪！"……表白和示爱像盛放不了的蜜糖，从她们笑眯眯亮晶晶的眼里溢出来。

我笑着看她们。年轻就是有这种动人的情态，耽溺、放肆，旁若无人，不管不顾。

我不知道我的学生们是不是从头追到了尾，如果是，如果我也看过，想必此刻能与她们共情。这种共情，不经历的人无法理解。就像是为了某个喜欢的歌手,各自千里迢迢赶到演唱会现场,万人海洋中也有一种"知我者皆在此"的奇妙感慨,仿佛四海之内皆兄弟。

我们为什么会喜欢看一档历时这么久的竞艺类综艺?若要消磨时间,不如刷手机;论舞台表现,她们又远未尽善尽美。但,还是要看,总会不由自主或猛地喜欢上其中的一位,然后惦记着,盼着TA能一路过关斩将走得更远。

很多年前我也这样过。那时我迷恋于江苏卫视的一档选秀节目《绝对唱响》,自打喜欢上选手张涛和李金铭之后,就每期必看,看他们的排练花絮、后台生活照,为舞台上他们每一次的亮相激动不已,同时又伴随着可能下一场就会失去他们的恐慌。那时唯一没有做的狂热的事大概就是四处求人给他们拉票了。我终究克制着把这份爱浓缩在了自己身上。

爱上一群陌生人,或者更精确点,爱上一群个性张扬的,渴望成名全写在脸上的年轻人到底是因为什么,很多年来我也很迷惑,但想爱就会有想爱的万种理由吧。

我一周又一周地守在屏幕前见到那些喜欢的选手,看着他们一点一滴的进步:歌曲的难度更大了,边跳边唱连气都不喘了,感言说得更诚恳了……我在电视机前,每每都忍不住露出只有老阿姨才会有的欣慰的笑。

这种看木渐秀于林的过程,就像在最短的时间里过完最壮阔的人生。而这段人生中所有的悲喜,又和八竿子打不着的一群人系在一起，就平添了一种缥缈的热烈。可也正因为这种无关，爱或喜欢带来的悲喜就成了一件很安全的事。那些悲喜，有时是被拉扯着回到自己的20岁，在他们额头晶亮的汗水里看到当年那个为了梦想也曾这样放手一搏的自己；有时是被他们在舞台上光芒万丈的样子震慑住，想着人原来真可以这样，生如蚁而美如神。

这种远远相望却又掏心掏肺盼着TA成为舞台王者的心情，热切时，简直像古诗里写的那样，"须作一生拼，尽君今日欢"，自有一种爱而不必得的大气与潇洒。像古时只管辅佐不求闻达的忠臣良将，王者登场际，也是一别两忘，隐遁江湖时。

入世越深，有时倒越来越渴求一种只问喜欢，无问西东的单纯。在许多个深夜，为着一个其实不会跟你有半点交集的谁谁揪心或是畅怀，是一种对日常生活的小小颠覆与背叛——看，我就是这样甘以人喜，甘为物悲，七情上面，你又能奈我何？

谁都不能奈我何吧。除了在有些时刻，从网上搜搜那些当年熬了无数的夜，为了见证他们成为黑夜中最亮的那颗星星的张涛李金铭们，如今也已湮没在茫茫人海。唏嘘，然而好像也就止于唏嘘而已。那一刻，才陡然明白莱蒙托夫在一个多世纪之前就写下的那句残酷的诗——"也许我爱的已不是你，而是对你付出的热情"。

小区生活秀

夜战

老家拆迁后，终于等到了安置小区的分放。我妈对拿到的房子异常地满意："真好，靠着马路，安全！"我想我妈真是有些托大了，我家充其量只能算小康之家，又不是富商巨贾，怕什么家财外露呢？就劝我妈用词要严谨。我妈悻悻地想了会儿，终于说出了那个我一直有些反对但她坚决赞同的理由：因为这儿热闹。

的确是热闹。如果不是用耳塞，我恐怕四五点就得被马路上的声音所震醒。但躲得了清晨躲不了黄昏，每天晚上7点多，几乎是正对着我家窗户的楼下地面就准时地聚集起广场舞人群，欢快的旋律能绕梁好久。起先我一直力劝自己要淡定，虽千万人动吾自静矣。但过不了几日，有一天我竟发现自己虽捧着本杂志，不但全未看进，还全程跟着把那首《家乡的姑娘真漂亮》字字哼完，才发现不知不觉间，我已被这魔性的节奏洗脑颇深。

既对抗不了，索性一咬牙，干脆跟它厮混到底。

把跑步的时间提前，之前的音乐清空，设置成《家乡的姑娘真漂亮》单曲循环。她们在楼下跳舞的时候，我在楼上用相同的音乐跑步。而且为了一种诡异的倔强，无论怎样，都要坚持比她们散场还要多跑……三分钟。直跑到连酷爱听歌的我妈都气急败坏起来："发什么神经，要被你们搞疯了！"

但我知道，我妈其实是很喜欢这里的。这里能不时地碰到以前的老邻居，大家能问问彼此的近况。而且，她的视力又极好，望远镜似的，东西路上直到两边顶头的红绿灯，这一带全被她看得敞亮。有一天，她在阳台上边晒衣服边看楼下，忽然撂下衣服对我说，她要去楼下看碗碟了，那个卖碗碟的又来了。我探出身子看了很久，都没看出她说的卖碗碟的在哪里。但她的神情得意又欣然，大概又是哪一个我还尚未知晓的小摊小贩集合地吧。

这里真是个熟人社会，所以偶尔我也深受其苦。我是个除了上班就不愿戴眼镜的近视患者，有几次在小区里走，远远地，听见有人喊我小名。能唤出我小名的，不是旧邻就是亲戚叔伯啊。但我只能傻笑着环顾四方，半天找不到声音的发源地。那种着急和尴尬经历了几次之后，我便不怎么在白天下楼，有事出去，基本都在夜色朦胧时，而且尽量都低着头。我甚至还想过为了万无一失，可以戴个口罩。但一想在我们这小区，戴个口罩出门别人多半会以为脸上莫不是生了恶疮。所以更加仓皇地低头疾行，那样子，大概只有猥琐二字可以形容。

作为拆迁安置小区，这里真算得上是世相百态的集大成者。三轮车旁边停着法拉利，老人们聚在一起听着咚咚锵的童子戏，不远处却是飞翔的滑板少年。有好几次我家的被子被楼上刚洗的衣服毫不留情地淋湿，但有回掉下去的外套却劳烦某户人家在门口等了我们半小时，说要还到我们手中，挂在门上不放心。

我还有些诧异地看到，有人主动搬出半新不旧的沙发和椅子，专放在一处，供闲居的老人家长里短聊天用。那是我每天下班的必经之地，经常看到他们少则四五人，多则十数人。我也曾暗暗不屑于他们的鸡毛蒜皮。但有一次我倒车时被一些杂物所困扰，老人们急急地跑来，搬走东西，看我倒车时一脸严肃的样子，认定我是不精于此道的人，又很热心地站在一边为我指挥："往右，再往左一点……"我顿时有些羞愧于之前对他们的暗中诋毁，说到底，谁能比谁高级一些呢？

　　这个小区有多精致就有多世俗，有多少让人烦恼之处，就有多少令人赏心之时。生活的万有引力将种种看似矛盾的对立面拧在一起，汇成一股强大的生活流，不在其中俯仰的人，永远体会不到它的万千滋味。我抱怨着它，可我更喜爱着它，这才是热气腾腾泥沙俱下的人间，是海子说的那个值得你和你的心上人手拉手看看太阳的人间，也是最让嫦娥后悔偷尝灵药的烟火人间啊。

写给我们

祈望

我的朋友圈中,有很多很高产的诗人和作家,他们几乎每天都能写出东西,我很佩服他们,那大概就称之为创作吧。可我不行,我创作不了,只会记录。只有当很多话无法说出,非文字不能表达时,我才会把它们记录下来,作为对自己汹涌内心的一种尊重与回馈。

比如此刻,我就很想写写我们。

真巧,今年恰好是我们认识的第十年。忘了究竟是哪一天了,我们正在夜市摊上吃龙虾,爱穿短裙的高宁给我们倒满啤酒,说,来,为我们友谊万岁干杯!

我说,不,我们之间应该是爱情吧。一日不见,我会如隔三秋。

你们豪放地笑着表示赞同。从那天起,我们这四个人的小圈子就有了个专属名字叫"爱情巨轮"。

那时,我们大概都认为巨轮只代表着巡洋舰、航空母舰吧,忘记了其实它也有可能是泰坦尼克号。

我本来是一个对人对事会下意识保持疏离感的人,一半因为羞怯,一半也是对某种世相的规避。但跟你们在一起时,就会放松嚣张得多。那颗心脏在微风吹拂之下,有时会猛地发热,觉得世间那么大,我何必贪其多?有你们在的地方,就是我们的情义江湖。

所以,这十年间,我们一起吃过很多次饭,也喝过很多次酒。

我们的酒量其实都很小,两杯啤酒下肚头就开始发晕。

但每次我们都像壮士般爽快地干杯，仿佛稍一迟疑，便不配在这个圈子里生存一般。

古人云："酒逢知己饮，诗向会人吟。"这句话跟你们在一起时，我才真正明白。

那时我们每周至少要聚一次，无论是谁起意，只需振臂一呼，其余的人风里雨里都要赶过来。赶过来无非也就是互捧或是互黑，或是聊各种无关现实人生的八卦。直到现在我都很诧异，那些虚幻的、凌空的各式话题，我们居然能兴致勃勃地扯上一晚。

我以为这种刻意拉开与现实人生距离的相聚，这种躲在合力营造的桃花源内的日子，会担得起天长地久这四个字。

可能我们都忘了，我们四个，原本都只是一身贪怨嗔痴的俗人。

第一丝裂缝出现得比较让人惊愕，恍惚到以为不是真的。然后就有了第二次，第三次……后来忽然又起了一种力挽狂澜的决心，又凑成一两次小聚。大家都笑，尽力地笑，而那些盘桓在心里无数遍的"为什么"偏偏一句都问不出口。那份张扬的喜乐是堆出来的泡沫，晚风一吹，就散了。

雪崩之际，没有一片雪花可以独善其身。在友情的神庙坍塌之前，我们每个人可能都是那个推波助澜的人，以沉默，以抗拒，哪怕是以失望或是委屈。

我明白缘分的道理，所以没有抱怨，只有遗憾。

这几年间,我们各自深耕生活,你们有我不能体会的尴尬,我也有你们领略不到的难堪。很多悲喜就这样默默地自我消化,拒绝倾诉,不再分享,像个真正的成年人般。看你们都过得不错,仿佛脱离了那个傻白甜的巨轮之后,你们都脱胎换骨,活成了在人生中披荆斩棘的大女主。

我还没做到。我想,我要努力。

前些日子,我终是心有不甘,邀你们来看一场演出。一人有事,一人不回,还有一人陪我坐在我留了四个空位的椅子上看完了表演。散场后,她回头笑着跟我说再见,我也朝她挥挥手,说再见。

这是我平生第一次感到,"再见"这两个字中蕴含着那么多说不出口的万语千言。

十年兜转沉浮,哪有多少幸运,喜欢的朋友会一直陪在身边,况且我们也早已过了多愁善感的年纪。只是在这样一个月明星稀的夜里,你们到底还是值得我对着满窗的月光,在键盘上敲下这些徒劳的文字。"星沉海底当窗见,雨过河源隔座看",所谓人世沧桑,有时也不过如此。

镇远一夜

仅向岁月微低头

夜

人在旅途，腿累，眼也累。这些年，我越来越不喜欢做那种出行攻略的东西了。那种文档一建，行程就被老老实实地框在一个框里，见到的风景好也是好的，只是这种好多少带了点预设，惊喜就来得没那么纯粹。况且，我也老了，新异的景象见多之后，对视界倒形成另一种压迫。反倒是年轻时看不上的那些老而慢的事物，这些年以一种缓慢的和年纪相合的默契，逐渐成为我新的心头好。

小城镇远，就是这样的一种存在。

6天的贵州采风之行已近尾声，陪同导游说在贵州的最后一晚，我们会住在镇远。镇远是个什么地方？谁知道呢，也懒得去问去打听，就让这辆似乎永远都在路上的大巴车做主，带去哪里是哪里。

所以，不带任何预期和想象的，我们见到了镇远。

有点微雨的黄昏，我们下车，眼前一片青灰色的房子鳞次依水而居，有女人在河边洗衣服。河水奔流得很急，让人有些担心她们好像随时有被水流冲走的危险。但我可能有些庸人自扰，她们一定不是今天晚上才站在那块窄窄的石板上的，再说，在这么个雨雾蒙蒙的黄昏，我怎么会有这种杞人忧天又略带扫兴的念头？

我们在这里只待12个小时，要因势而乐，要得过且过。

还好，我可能在看到它的第一眼就喜欢上了它。

作为一个对乡村有着深刻童年记忆的人，铺在这条街上的号称有600多年历史的石板砖，长着幽幽青苔的弯月拱桥，一下子让我想到了我的那个行进在拆迁途中的村镇。在一座小石拱桥的北岸，也是这样又宽又长的青石大砖，那时从乡下走到镇上，到了这里，心里就会升起一股怯怯的高兴——终于到街上了！

黄昏就是这点好，鼓励人放松和走神。站在离我的家乡2000多公里之外的异乡小城，就像从一场睡梦中刚刚醒来，看见另一个世界如此强大饱满又鲜活地存在于身边，曾经的家乡，从记忆中回来了。

有时候旅程大概就是这样，走到一个地方，看到一些人、一些事，就像在茫茫大海中掬起一捧水与自己相认，庄严地隐秘地与自己的来时路相认。

为了这梦醒时分的情义，我决定要喝点酒来庆祝。

已经到了吃晚饭的时间，河边的各色小餐馆开始陆续上客。对于游人来说这是最好的时候——气候正好，风景正好，人居然还不多。感谢那些店主没有涌上来殷勤地推销，每次身陷其中时，我总是感到抱歉又无助。

沿着高高低低的舞阳河畔走了很久，看到一间清吧，门前的木板上写着："梦马乐队晚上会有演出。"我的同伴兴奋异常，说在网易云音乐上听过梦马的歌，用不懂是哪里的方言唱的民谣，莫名地好听。没想到他们居然就在镇远。

那一刻，觉得镇远和我们之间若有似无的情分，猛然间又近了几分。

这个夜晚，我们喝了我们力所能及的酒，超级近地坐在台下观看了乐队的演出。近到连鼓手男孩手上的青筋都清晰可见，近到像是我们也都沉浸在所有的表演中。

多好的夜晚，人一直不多，连同我们三桌而已。乐手让我们点歌，我点了毛不易的一首《像我这样的人》，同伴点了尧十三的《瞎子》。乐手说："把这两首歌送给远道而来的两位美丽的小姐姐。"

美丽的……小姐姐！我和同伴哈哈笑着，又喝了一杯酒。

后来的后来，三桌不相识的旅人就凑在一起，乐手坐在中间，有谁提议弹一曲什么，他就弹，七八个人大声地扯开了嗓子唱——明明是清吧啊。但人生任性的那一刻，哪管了那么多。一群人唱了《独家记忆》，唱了《蓝莲花》，好像还唱了《往后余生》。我也知道了，他们来自上海、重庆、新疆和山西。

这个夜晚，大概就是苏轼在词中写过的"烟雨暗千家……诗酒趁年华"吧。

出门的时候，已近凌晨。我和同伴彼此都有些微醺，所以更加拼命地拽住了对方。路上没有一个人，凌晨的空气清冽得如液体般明亮，在镇远的第 7 个小时，感官仍无丝毫磨损。我仍然爱它，像 7 个小时前刚看到它时一样。

此时此刻，是自由自在这一状态的巅峰时刻。

从贵州回来后，我在我的 QQ 音乐里听了几首梦马乐队的歌，也整理了几张在那张大石桥上留下的姿态做作的照片，不知道为什么，再也听不出那晚莫名好听的感觉，那座石桥也显得平淡无奇。

其实，我也知道是因为什么。

所以，如果有机会再去贵州，我想，一定要再去趟镇远。

这一次，我要弥补那晚的一个小小遗憾，我要抬头看一看，镇远的星空到底有多亮，多蓝。

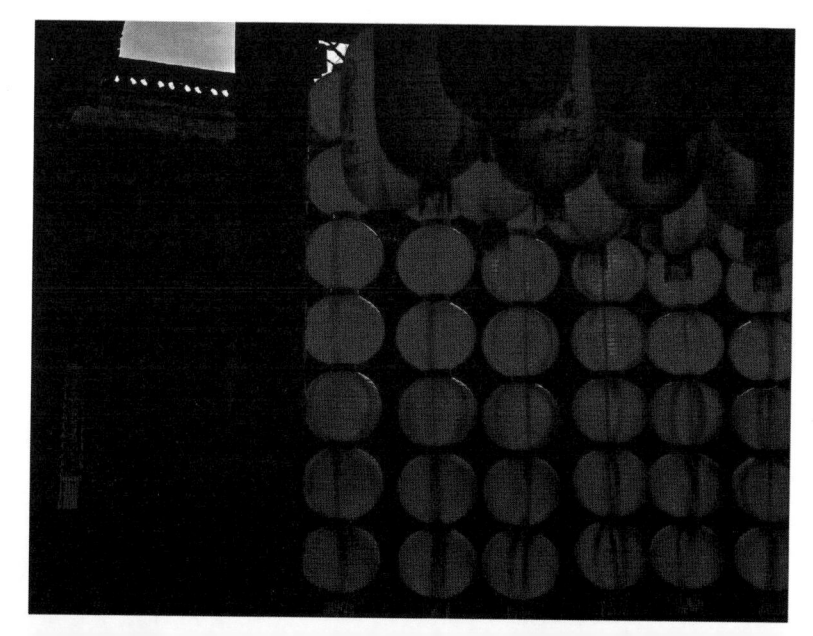

祝　福

听到你去世的消息时，我和家人正在北京，坐在长城一日游的车上。妈妈接到电话后，忙着跟家里的亲戚商量要赶紧送点纸钱到你家去吊唁。那天是正月初四，一年中难得的普天可以同休息共喜庆的日子。北京的天气也很好，天居然是蓝的。听说老家下雪了，也好，你也许看到了人生中

添福

最后的一场雪。

该写写你了。鲁迅说过,不要在情感浓烈的时候作诗。其实,我哪有那么多郁愤。你离世的消息到我耳中时,有一瞬间我感觉像是一直替你担心的那只靴子终于落了地。所以,此刻回忆起你的一些点滴,更多像是对你对己的一种安慰。尽管对你来说,已是不必。

从记事起,我就喊你伯伯。住在一个村子里的,祖辈往上追溯,都是有亲缘关系的。但你对我的好,又明显比村里其他小孩要多得多。你逢人就夸我,这孩子,从小就读书好,以后肯定有出息。那时你应该五十出头吧,我每天趴在家门前的小课桌上写作业,你下班经过,总会从干净的外套口袋里拿出一些小零食给我。你骑着自行车,腰背笔挺,笑容爽朗。现在想来,那大概是你人生中,我所见到的最明亮年轻的时光了。

我考上师范,你塞给我几百块钱,说拿去买书看。其实我拿它用来买了个双肩包,读师范时也并没认真看多少书。但我一直记得你给我钱时一脸欣慰和满足的样子,让15岁的我非常震动。我对我妈说:"以后伯伯要是过得不好,你一定要告诉我。"

我妈说:"你当然要记得这位伯伯,他过得有多不容易。三十几岁丧妻,一个大男人把儿女带大,还要养一个寡居的老娘。真是,干吗要对你这么好?让人心里怪过意不去的。"

很抱歉,即使过了这么多年,我还是没能有什么大出息。但在你看来,我像是真有了什么出息似的,一年中难得碰面的时候,你总是骄傲地拍着我的胳膊,向周遭的人宣扬着:"梅丫头在市里工作呢。"每逢这个时刻,我都为自己平庸的人生感到愧疚,浑身燥热,特别想瞬间脱胎换骨,出人头地。

你跟我说这些话的时候,已经七十多岁了。这些年间,我离开我们生活的村镇,在外兜兜转转。年轻人不觉得时间过得快,大不了只是从少女到日渐成熟的中青年,脸上的胶原蛋白还在,白发也未曾多增几根。所以当有一年回家祭祖,看到你有些佝偻的,一团灰黑的身影时,我透彻地理解了时间的残酷。

其实,与时间加诸你身的残酷相比,该是生活。

听我妈说,你在家的境遇一直,或者说越来越不好。儿子女儿都怪你每月的退休工资不上交给他们,出门晚回,就是一定又去看老相好了。有回棉衣破了个洞,还是央着同村的老太给你缝上的。

你看,我对你的这些境况全都用的是"听说"。虽然15岁那年,我信誓旦旦地说以后要报答你的关怀之恩,但这些年来,我也仅限于回家碰到你时陪你聊会天,吃你给的糖果,一遍一遍地告诉你我那拗口的工作单位全称。我没有主动去看过你,你的生活并不如意,我妈果然都告诉了我,可我也只是沉默地听,沉郁地听,和村里的其他人并没有什么两样。我下意识地逃避掉直接面对你的困窘,我怕面对面坐在那,除了两手相搓,并不知道怎么开口。

所以,你若天堂有知,一定要像鲁迅说的另一句话那样,一个都不宽恕。包括我。

前年,你骑车摔了一跤,腿部骨折,相熟的医生朋友告诉我,你家人赶来后,商量的结果是简单包扎一下,不打石膏,不做手术,直接送去养老院静养。

我去养老院看你,你缩在被子里,露出头顶的一小撮白发。你对我们的到来意外又激动,想要坐起来跟我们寒暄,我妈按住你,让你别乱动。你再三表示这样躺着面对我们的慰问太过意不去,你还说这里也蛮好,清静。

是的是的,这样也好。我们互相打着哈哈,像在圆一个心照不宣的谎。

回去后,我写了一篇文章,记录下在养老院看你的这一切。在那篇文章里,我称呼你为"成伯",在另外一篇还是初稿的小说里,我又给你取了另外一个名字"福伯"。其实,在真正的生活里,我喊你"大丰伯"。我写下那些文字,本质上对你的人生没有任何意义,我那样执着地写下来,只是想告诉这个世界,你曾经那么努力地有尊严地生活过。

若世间真有天堂的话,我只祝福你,在通往它的途中,桥都坚固,隧道都光明,不要回头,要彻底地忘掉他们,忘掉我们。

希望那里,终于芳草鲜美,落英缤纷。

周 老 板

有天晚上，我打电话给一个叫周老板的人，"喂，周老板是吗？明天给我这送两吨黄砂加三袋水泥啊。""哦，好的好的。"电话里周老板一迭声地回应着。又忽然想起来什么似的问"你这"到底是哪里。我报了一个地址。周老板愣了一下说："呀，是我丫头啊！"

在我认识的所有人里面，但凡有手机的，我没见过第二个像我爸这样的人——完全不备注姓名，通讯录里全是赤裸裸的数字。他说这是为了预防老年痴呆，用记忆数字来锻炼脑力，为此甚至还劝说我妈跟他一起，做"脑力锻炼"。然而，你看，他其实是一个完全不关注来电显示的人。

我爸听不出我声音一点都不奇怪，因为要是换种方式，他可能连他女儿的脸都会认错。

还住在老家的时候，某个早晨，我爸拿着《江海晚报》

兴冲冲地跑上楼,喊我妈:"快看,你女儿上报纸啦!"我从洗漱台上抬起湿淋淋的脸,嗯?我么?什么时候的事?我自己怎么不知道!

等我和我妈凑在一起看他指着的那张在某个图书馆的书架前翻书的侧影照时,我整个心都凉了。首先,那根本不是我;其次,那还是个男的。

我妈狠狠地朝他翻了个白眼。周老板举着报纸讪讪地晃了两下,"啊,这个,你别说,我女儿短发跟他还挺像的。再说,我女儿不也爱看书吗?"

他用最后一句话来堵住了我即将要翻出的白眼。

不过要论看书看得多,在我们家,我爸要排第二也没人敢争第一。我很早之前在图书馆办了张借书证,在续借了一次又延迟归还之后,就送给了我爸,反正家里的书都没完整地看过几本,就不去图书馆装模作样了。自那以后,我就再没收到过问我要不要续借的短信。有一次在饭桌上说起这事,我爸说:"那当然,我每次借 6 本,看个二十来天就去还,正好。"

我低下头吃饭,暗自思忖要是图书馆也评十大优秀读者,可能我也能滥竽充数去领个奖呢。

忽然,我爸指着旁边书架上的一本李娟的《遥远的向日葵地》问我:"这书你看过吗?我看过了,写得真不错。"

我大吃一惊,我一直以为他专看《余罪》《朝阳警事》之类,没想到他连散文都涉猎了!

我咽下饭,慢条斯理地回他:"我嘛,当然看过了。"

后来的两周内,我连熬了好几个夜,把李娟的《遥远的向日葵地》连同她的《羊道》三部曲都补看完了。

虽然我足够懒散,但最基本的胜负欲还是有的。

说起来,我一直觉得我爸在家里的地位似乎并不是很高,至少排在我之后,因为我时常在家里对他大呼小叫。对于我的僭越,他好像也不以为忤。这么多年,他的底线似乎只有一条:不要试图干涉他的生意经。我妈明里暗里跟他争过多次,最终都被他一句"生意上的事我说了算"给气得够呛。

听起来像是多大的一个企业家似的,其实就是些不入流的小生意。然而我爸流露出来的那种舍我其谁的霸气,还是让我半由衷半戏谑地自此称他为周老板了。

但我不得不承认,周老板真的是我身边的人中,心胸最豁达的一个。

我小时候阑尾发炎,疼得辗转难眠,周老板照样愉快地下河摸蚌,还劝我:"它疼它的,你睡你的。"

我姨弟读小学那会儿,他爸妈工作都忙,顾不上他,6年他吃住都在我家,周老板没有说过一句不满。

当年我辞职出去读研,我妈沮丧得好像天都要塌下来,还是周老板掷地有声地说了一句:"怕什么,以后找不到工作,我养她!"

很久以后,我读到澳门诗人袁绍珊的一首诗:"白马已至/我就是自己的圆桌武士……有些我瑰丽倔强/有些我野蛮生长……"就想着我性子中的那些倔强和野蛮,一定有来自周老板的遗传和纵容吧。

前几天,因为一些琐事我妈跟我黑脸,为了哄她,就对她说,你放在购物车的那件衣服,我给你付款了啊。我妈很快就转怒为喜。我爸在旁边冷眼看着她的情绪挪移,有些痛心疾首:"真是没骨气。吃人家的嘴短,拿人家的手软。你看我从来不要她给我买什么,她敢朝我做脸色吗……"

我用手指敲了一下桌沿:"喝你的酒吧,啰嗦。"

周老板哈哈一笑,打开了第二罐我给他买的酒。

甘肃行记

秋风辽阔,日色八千里。风也好,日也好,一旦落在大西北,整个土地就显出了一幅大国气象。苍茫,庄重,肃穆,无涯……这些形而上的词语落地生根,有了具体的指涉。其实无论是当时还是此刻,看到还是想起,我能找到的描

天地之间

述语大概也就是这些。但我一点也不觉得难堪，毕竟，在这样的自然面前，人要是还能不失语，也算是奇迹了吧。

张 掖

这些年的出游大概就是不断与曾经念想过的地方会合的过程，我看见它，它也看见了我。

在张掖，看到了很早以前张艺谋的电影《三枪》中让人目眩神迷的丹霞地貌。那时大荧幕上一幅幅图景闪过，简直像遥不可及的superstar，整个人完全被明艳动人的颜料盘浸染。

真正站在它面前时，看到的土地因为没有下雨，整个显得灰灰的，一幅干透了的旷阔。思林说像是她制作水印版画时风干的颜料。因为不鲜亮，总觉得没有当年在影片中看到的那么美，但又有一种接地气的真诚，像是卸了妆的大明星，反倒露出了一些生活的烟火气。

走累了坐在亭子里休息，忽然听到头顶传来叮叮咚咚的声音，原来这是祈福亭，挂满了千里万里来此处求福的许愿牌，大概是竹子做的，风吹过时，一块撞到另一块，一群撞到另一群，它们愉快地发出声音，又清又脆，像溪流淌过，真有环佩叮当的那种感觉。若是在江南，这种响声应该不大会吸引到我，因为它和周围是相融的，甚而融入周遭成为风光的一部分。但在大西北，在这片干燥又辽阔的土地上，听到这样的风铃响，顿时就觉得异军突起般地夺耳，说夺耳都不准确，它只是被风顺势送进你耳膜，让你看着眼前的漫天黄沙情不自禁地想起流水，想起雨滴，想起雪化的漫漫日光。

嘉峪关

小时候在课文中就学到嘉峪关是天下第一雄关，隔了这么多年，终于看到了那块刻着字的石碑，居然是矮矮的一尊，看上去朴素极了，有点不配上面的六个字。

游客稀少，越发显得暮色里的嘉峪关肃穆凝重。一脚一脚踩在细沙上朝前走，人一点都不想说话，也不能说话，耳畔呼啸过的，是风声，也是岁月的回声。"从来幽并客，皆共尘沙老。"茫茫戈壁，滚滚黄沙，亘古的广漠之中，人类文明像是虚化成模糊的蜃景，在这里，时间反刍着时间，静得天崩地坼。

对面一轮胖大的红日正在天边慢吞吞地往下坠。云层又浅又淡，整个天空似乎除了圆日，再无他物。我没办法不想起那句著名的"长河落日圆"。人在此刻内心都被摊平，反正无论涌出多少词句，最后都临阵曳甲，因为这五个字已经写尽了一切。

往回走的途中，不经意地抬头一看，月已如钩。它有些孱弱，又有些傲娇的清冷。旷野无声，城楼肃立，风吹起黄沙簌簌作响。可是因为头顶那一弯淡月，这豪放派的边塞忽然就有了一些婉约的气息。这月光该照过多少离人的心肠啊,它已经很老了,可是月光再老,洒在这无言的城墙上,还是那么清冽明亮。

鸣沙山和月牙泉

　　据说俯视能看到更好的风景,我和思林去坐了滑翔机。虽然冷得我浑身颤抖,但终于可以俯瞰鸣沙山和月牙泉,内心还是得到了莫大的满足。万里黄沙,一湾碧泉,大自然的神奇之一大概就体现在这里——最干燥的地方有最清澈的河流。就像诗人戴潍娜说过的那样:"美,是一种类似堕落的过程。"最贞洁的人写最放浪的诗,最清净的文字里有最骚动的灵魂。

雅丹地质公园

　　今天去了雅丹地质公园。那些历经千百年累积沉淀下来的小土丘,在这里拥有了也许是它们此生最美的名字——雅丹。大巴车一路行驶,一车的人被赶鸭子似的送往被精心筛选过的拍照绝佳处,到了固定的点就让我们下车,流水作业10分钟。这么短的时间,想静静地看一会儿待一会儿,实在是一种奢侈。讲解员一路都在程序化地冷静又尽职地介绍,也许是介绍得太多了,他的语气已经几无波澜。只是后来他说:"这些大大小小的雅丹是很脆弱的,说不定哪一年哪一天你们就看不到它们了,因为它们已经慢慢地风化在这无边的沙漠里。"说到这里,他顿了一下。我抬头看他,他的神色有些戚然,像是刹那的真情流露。

我转头看车窗外那些被自然之手塑造出来的土孩子,大的、小的、高的、矮的,千丘千面,一律被绳与我们隔开,的确美好又脆弱。它们直直地站在这里,偶尔与人相遇,与雨重逢,很多年后,它们终于站累了,就会慢慢放低身子,彻底投身于脚下的土地,像一滴水终于流回了大海。

这样的过程,是遗憾,大概也是另一种圆满吧。

在甘肃的最后一天参观了莫高窟。看到一尊佛像上刻着一些字,写着"康熙某年某人到此一游"。面对盛景,人好像总难免克制不了内心的一些躁动,那些想要证明自己打过卡的念头,也许古今中外的人心,大体皆相同。就像我自己,这些年去过贵州,回来就写《镇远一夜》;去了西藏,就写《西藏日记》;来过甘肃,就想写《甘肃行记》。说到底不过是另一种形式上"到此一游"的证明而已。这些文字于甘肃而言,于西北大地而言,如滴水入黄尘,谈不上意义,更无所作为,无非是日后翻翻,方便自己恍然大悟:啊,原来那年的10月,我在那里啊。

可我还是执拗地想记下来,因为每一次远行的那些时光,就像凡俗的生活中突然宕开的一笔,一些约定俗成的东西暂时可以任性地搁置。人生虽无常,但远行的有意思之处,不正在于有那么一些时刻,让我们感到接近于永恒永生的喜悦,就像张爱玲所说,"漫山遍野都是今天"。

西藏日记

8月8日

一个偶然的机会,没有任何预设和筹谋,和几位同事一起来了西藏。她们仨来之前一段时间就开始吃红景天,准备各种抗高原反应的药,而我是想起来就吃,想不起来就浑浑噩噩地忘掉,抱着一颗自生自灭的心,遥敬这个神秘又让人敬畏的地方。

下午14:25的航班,如果不晚点,20:40会到达拉萨的贡嘎机场。6个小时的航程真的漫长又无聊,同伴徐老师点开面前的娱乐屏,我说:"你看别的都行,千万别看《中国机长》。"她点头:"明白,那也是飞拉萨的航线,是吧?"人在高空,就有种极不踏实的虚浮感,好像总要信着点什么或是特意撇开点什么,来完成心理的一点慰藉。

徐老师点开看了雷佳音的《超时空同居》,挺好的,红红火火，恍恍惚惚。等结束的时候已经快到20：30了，机上广播传来消息：由于贡嘎机场气候原因，飞机无法降落，现在将返航成都双流机场，再次起飞时间待定。

于是返航。于是再等。再等。像《无间道》里梁朝伟满腹委屈地向黄秋生抱怨一样："明明说好是三年，可三年之后又三年，三年之后又三年。"等到我们两眼发黑地站在拉萨的大地上时，已经是9号的凌晨4点。

8月9号

因为跟江南有时差的关系，凌晨4点的拉萨街道并没有早晨将醒未醒的朦胧，仍然暗得像深夜。带着一身倦意匆忙扑倒在酒店的床上抓紧睡一会儿。

一直睡不好。每隔个把小时就被胸闷憋醒，在黑暗中愣坐半晌，大口地抢着氧气似的呼吸，说一丁点不怕也是心虚的。但看着同伴安静的睡姿，又安慰自己，没事，不会把自己憋死的，这不你头还没疼嘛。

这大概真是个神灵遍地的地方，人似乎不能轻易地判断或决定。等到挣扎着睡了几个小时起床之后，头痛开始了。

感觉到头胀脑裂的那一刻，心里倒反而是平静的。我一直做好了会有高原反应的准备，虽然并不知道届时会以什么样的倔强之姿来面对，但就像过招的对手，它迟迟不来，我会焦躁，它来了，输赢另当别论。

她们仨都还好，所以她们全程目睹了我的艰难和困苦。

顶着一颗沉重的头颅，揣着一颗随时要蹦出来的心，我跟她们一起爬了第一站——布达拉宫。我一路都在想放弃，一点点当勇士的心都没有，但她们一直劝着，又搀我，生生把我扶成了不忍拖大家后腿的老媪。最后居然也爬到了顶。

我感到了意志对抗身体的绝对胜利，像个跋涉过长征的女战士一样，俯视着布达拉宫广场前的人群，微微地笑了。我估摸着我的笑看起来大概心机玲珑，别有城府，其实只是因为我不敢大笑，据说大笑也是耗氧的。到了西藏，我就变得精于算计，总在想怎么让自己的身体能再多吸点氧。

8月10日

朋友推荐，参观了西藏第一座剃度僧人出家的寺庙——桑耶寺。人不多，挺好。跟着稀稀落落的游客走在森严斑驳的厅殿里，没人讲解，自己就着百度边查边看。百度上说，桑耶寺是西藏第一座具备佛、法、僧三宝的寺院，在藏传佛教界拥有崇高的地位。看到好多佛像前或多或少都放着纸币，一块钱的居多，也有五毛。晚上吃饭时朋友解释说："这是拜佛的人表示自己心意的一种方式，如果你没有零钱，甚至可以放张大钞，然后自己动手从别人供奉的纸币中找回零钱。"

第一次听说捐钱也可以自找零钱。世界何其大。

8月11日

按照计划去羊卓雍措,去游览被称为西藏三大圣湖之一的羊湖,海拔4900米。司机说这几天真是不巧,天气不算好,天不蓝,云层也厚,还时不时下雨,不知道能不能看到清晰的湖面。而我对看不看得到湖面已经没什么执念了,因为一路都是盘山公路,转折拐弯处比比皆是,我只担心安全问题。坐在副驾,对所有惊险的地段一览无余,我的手指一直抠着膝盖,又怕司机看出我的紧张,以为我在轻视他的驾驶技术,只好把手深深地埋进毛衣袖子里。不过幸好也因为对安全的紧张,我竟然忘记了晕车,原本只要是盘山公路,我基本都能晕得昏天黑地。

"到了。"司机说。打开车门,我以龟速慢慢挪下,再慢慢挪到观景台的一处栏杆,扶上去趴着看。的确好看,静水流深,湖如碧玉。我趴在栏杆上默默地想,从此我对湖蓝有了真切的观感与定义。

再抬起头来时,发现了自己的不对劲。眼前像旋转过几百圈似的,脚步也趔趄趔趄。同伴陈老师赶紧把我扶上车,喊来司机让我躺下吸氧。徐老师过来了,看了下我的脸色说,"你这么骚包的人今天连手机都不想拿出来,看来是真的高反严重。那你休息,我们去高处看湖面啦!"

我点头说好。

她们走远了,可能去爬了一个海拔更高点的小山坡,看到了更美的湖面,而我躺在后排车座,静静地吸着氧。

脑袋放空了一会儿，想起西川在《老界岭》里写的，"我们决定把山顶的无限风光让给他们，让他们傻眼……我们决定等我们的同伴，但不听他们讲山顶上的事情／我们珍爱我们的决定，他们下来一定会傻眼"。

文学还是能给人力量的。就像此刻，一个默默吸着氧的怂包也获得了一点傲娇的尊严。

回去的车上，她们仨都累了，睡意朦胧，一片安静，而我的头疼居然渐渐好转，灵台清明，到西藏三天来的第一次，我有力气睁大了眼睛看外面的光景。

脚下是滚滚的雅鲁藏布江。在所有的江流称谓中，我最喜欢这个名字，音韵婉转，却又大开大阖，像盛唐的诗。

江水浑浊，夹在两岸山峦间不停地奔流，山的颜色也很神奇，一边黑如墨砚，另一边却又青绿如柳。岸边的农田里，有藏民在收割庄稼，大概是青稞。奶牛随意地走在路中，等着我们给它让路。

是的，就是随意。雨下得随意，江水流得随意，牛走得随意，连天空也蓝得随意。这几天来，一直没能看到心心念念的高原蓝天，总是会下雨，云又多又厚。没想到在这头脑暂时清澈的黄昏时刻，看到了宛如明信片般的蓝天白云。我之前从来不知道头顶的天空竟然能蓝得这样澄澈和柔软，它以一种神来之姿出现在你眼前，供你安静地张望，刹那间内心软得一塌糊涂，几乎想落泪。

司机下车休息，我也下了车。我们隔着一段距离，他抽烟，我看天，看地。江水奔流，群山静默，云团窝在峰石间像袅袅升起的炊烟。我终于领悟了古诗中为何写"云来山更佳，云去山如画"。它们俩，原本就是美和美的相互碰撞和成全啊。

8月12日

头痛了一夜，起先想熬着，辗转睡不着。半夜起来找止疼药，又找不到放在了哪里。撑到清早同伴找到药让我吃下一粒。

她们今天去纳木措，我掂清了自己的形势，决定放弃，在房间补觉休息。

遗憾当然会有，但我接受遗憾。我不要十全十美的旅程，我要花未全开月未圆，留下一些可弥补的念想给自己。

8月13日

大昭寺和八廓街人潮如涌，走几步就会碰到有人问你："要编小辫吗？要拍藏服写真吗？""不需要，谢谢。"一路回复了无数次。八廓街特别干净，砖石地面光可鉴人，不知道是不是被太多拍照者席地而坐导致。

临出大昭寺时，徐老师忽然双眼泛红，眼泪汪汪，一边擦一边说："寺里的藏香这么熏人的啊。"我和沈老师愣愣地看着，我俩完全没感觉到啊。她拍了一下胸："我知道了，可能我的前世就在这吧！"

换作平时，我一定会对她冷嘲热讽，但在这，我竟不敢放肆，就呆呆地看着她眼泪直流。

陈老师因为之前来过大昭寺，没有陪我们同行，特意坐在玛吉阿米里等我们。据说来八廓街的游人，大半会到店里坐坐，因为这是仓央嘉措和一位传说中的美丽少女初相遇的地方，如今是个咖啡馆，也做藏餐。空气中满是我们并不太适应的藏餐的味道，拥挤、昏暗，还有些潮湿。四个人吃了点茶歇，相顾无言，匆忙下了楼，把位置留给下一位去感受体验的行人。

要论私心的话，我当然希望这里阳光稍微再暗淡点，游人少一些，转经的藏民再多一些，油光黑亮的当地小娃笑声再亮一些，还有，玛吉阿米能够再寂寥一些。可是，我的舒适观感与体验又怎么能让他人他事来为我买单？

晚上看实景剧《文成公主》，天气很冷，裹了一件棉大衣。

8月15日

回家选择了火车。晚上20:40分，临近无人区，天幕一片蓝。只能用蓝色来概称，因为无数种说不清道不明的蓝的层次汇集在此，又夹着厚薄不一的云，极目之处全是蓝的云图，漫山遍野，铺天盖地，像是容不下任何其他色彩，狂虐又嚣张。这种情景是对人的暴击，好像整个人都会不自觉地呈现痴傻的状态，语言全无用处，头脑生发不出任何能与此景相匹配的词句。原来美根本不是赏出来的，是来了根本就扛不住。我知道此刻自己看云的状态很痴呆，可我不想干扰自己。为了这一刻的风景，这漫长的三天两夜的火车归程仿佛也有了意义。

8月17日

"快乐不需要转化成美，而不幸却需要。"如果没记错，这话应该是博尔赫斯说的。有时候想想，活在这些厉害的人物之后真是幸运，因为总有人替你说出一些撑场面的话。就像在西藏的那些天，每当头痛欲裂时，都恨不得一秒归家，而此刻刚吹到来自江海平原上的热风时，顿时又怀念起那些每晚需要靠吃止疼药才能入睡的日子。那些痛苦才不过几天，就好像都已经转化成了美。我甚至想再高反一次，用痛来体验不痛的快乐。所以对于西藏，我可能最适合当一个过路者，一个歌颂者。

其实在西藏的那些天，人一直是比较混沌的。一半因为高反，一半也因为到处是壮美的轰炸。这里的好多地方其实都还没看，看过的也未必都记得住。不过我早就不跟自己拧巴，也不再坚持过目不忘。如今出行，我已经不做攻略，几乎一切从心，随性，想起去哪就去哪，袒着一颗心与世间外物相碰，倘若机缘巧合，倒也能撞出一些不足被众人所称许的自得其乐。

就像无论看过多少场演出和多少回蓝天，但在色拉寺看过的僧人辩经，羊卓雍措看到的云染晴空，无人区的蓝色暴击,还有这个8月的盛夏,穿着一件棉大衣,在夜晚的拉萨河边看"文成公主与松赞干布",这一切,大概以后再不会有比经历更让人心荡神驰的时刻,因为那些时刻就像个骤然而至的神话,被我供进了记忆的神龛里。

桂英姑娘

不了情

我们家是不怎么讲究称呼礼仪的随意之家。比如我喊我爸"周老板""老周",叫我妈"老徐",喊我外婆则是"桂英姑娘"。

像我外婆这般年纪的人,平常互相打招呼,总喜欢叫某某姑娘。当然,我也不知道城里的老太太是不是也这么叫。总之,像我这种从小在农村长大的,看到的大多是一群七八十岁的老太在小区门口,在街边拐角碰到了,都是热情洋溢地喊一声:哎,……姑娘!

看起来很违和,听起来却很亲切。

于是,我也顺水推舟地喊我外婆为"桂英姑娘"了。

桂英姑娘已经八十好几了,身子安健得很,只要不是刮风下雨、逢年过节,她就会骑着那辆年纪也相当可以的小三轮,回乡下老家种地。那儿自从拆迁后,房屋是废了,田地一时倒还没有征用,老邻居们又纷纷"回巢",继续种些瓜果蔬菜。自从得知我爱吃些赤豆饭和盐水花生后,皇帝老子都阻挡不了桂英回去种红豆和花生了。我舅他们劝说了,"怒喝"了,"训斥"了,都没用。桂英说:"种点蔬菜平常都给你们吃掉了,我不要种些我外孙女要吃的东西啊!"

没人可以磨灭桂英种地的意志,大伙儿只好退而求其次,关心她"上下班"的骑车安全。她从小区回乡下,要经过三个红绿灯。有一天我下班,在路口看见了对面的桂英,她推着小三轮站在人行道口。我心想,不错,是个有素质的老太，知道不能占用机动车道。

直行的绿灯亮了，我看到对面的桂英矫健地蹬上车，左看看，右看看，然后车头径自左转，向她家骑去。

我大惊失色。回家跟我妈一说，我妈也大吃一惊，没想到老太骑车如此彪悍。晚上特意到她家去，我问她："桂英啊，你认识红绿灯吗？"

"红绿灯怎么不认识！不就是挂在路口的那些灯嘛。"

"我是问，你懂看它的交通规则吗？"

"……嗨，你不用担心我，没事的，不认识我就跟着大家一起过马路呗！"

……好吧，只好麻烦小姨下班后去教教她妈了。

桂英姑娘不仅喜欢种地，还喜欢骑着小三轮去卖废品。

小姨很早之前就跟我们抱怨："这个老太，喊她来吃饭就是不肯，说家里什么菜都有。"

我教她，你只要跟老太说一句话"桂英，来拿些废纸回去"，保证她来。

小姨一试，果然"灵验"。

桂英不爱到她几个女儿家吃饭，也不要我们给她零花钱。一给，她就怒："我每个月政府给发两千多块呢，我又花不了什么钱！"

大家只好"成全"她的爱好，全家人齐心协力攒废品让她卖。

有一次，同事徐老师听我说起桂英的故事，她叉着腰冲我冷笑："这么说，你如此丧心病狂地爱买东西，其实倒是怀着一颗伟大的孝心呢。"

哈哈，我尴尬地笑笑，也不是一点成分没有。

也不知道桂英是不是什么东西都舍不得扔，总之，我舅明着暗着在他姐妹前抱怨过很多次，说搬到新家来，桂英的那些不肯扔掉的旧东西已经快把新居堆满了。我妈是大姐，"劝降"的责任似乎一下子就落到了她身上。有一天吃完晚饭，她把碗一推："今天不洗碗了，我要留着力气跟老太战斗去。"

等了一个多小时，她回来了。脸色很黑，看样子就知道气得不轻。我也没有多问，拍拍我妈的肩："走吧，再去一趟，我帮你'报仇'去。"

进门的时候，桂英姑娘正坐在房间的沙发上，脸色看起来也很黑，估计刚才也被她女儿气得不轻。我想天色不早了，还是得速战速决。就问她："桂英啊，这几年我给你买的那些衣服，内衣外套什么的都还够穿吧？"

桂英对我很客气，忙活着拿饮料给我喝，说："够了够了，别再买了，今年明年后年都别再买了！"

"那行，我就把大后年你准备穿的这些旧衣服都拿走扔了，到时再给你买新的。"

说完就把堆在地上的一大摞估计是被我妈整理出来的

旧衣物塞进了大编织袋里,用的是不容置喙的坚决与果断。

桂英悻悻地站在一边,想伸手拦,又有些畏缩,最后趁我起身喝水的工夫,从一大袋子中又抢回去一件上衣和一条裤子。

我也懒得再和她争抢,收拾好战利品跟我妈走了。

回去的路上,我妈由衷地夸我:"你虽然平时没啥用,对付你外婆还是有一套的。"

这倒是。全家所有人当中,桂英姑娘是最给我面子的。我从小是她带大,长大后也没变成一个歪良心的人,有空就拉上我妈,拖上我小姨,带上桂英,出去走走玩玩,吃吃喝喝。

大前年春节,我跟我弟特意空出时间,带着桂英自驾去了北京。爬长城的那一天,特别冷,郊外的风还狂大,我累得要瘫,拍下了可能是有史以来最丑的几张旅游照。晚上回酒店看看相册,其他人也都比我的怂样好不了多少,只有桂英,戴着帽子,围着围巾,气定神闲地对着镜头微笑。

从北京回来的第二天,我妈起来后就急着往外走,我问她干吗去,她说老太这几天坐车奔波一定累坏了,得买点骨头给她炖汤去。

过了一阵她回来了,进门就笑。我问怎么回事,我妈说:"你知道桂英一大早就不在家,干什么去了吗?她不要喝骨头汤,她赶到小区楼下讲她的北京之行了!"

后来我才知道,讲述去哪玩这件事,根本不是一个偶然。这么多年,她一直坚持不懈地把我们买给她吃的、穿的、用的、戴的,都要在能讲的地方讲上几遍,能用事实说话的,她就现场证明。比如她会故意把外套半敞,露出里面的高领打底衫,大声地告诉她们:"啊呀,小孩子给我买的,说波点的穿着年轻,我一个老太了,要什么年轻啊……"

然后她哈哈地笑,旁边的人也捧场地"噢噢"地夸。

真是万幸。要是我身边也有这种矜夸的人,我一定会在内心鄙视一通,然后拂袖而去。但桂英的那些老姐妹们看起来都很真诚地在恭喜,她们的修养的确比我好。

前几天给桂英买了些家居用品,送到小区门口,打电话叫她下来。等了好久,看见她姗姗来迟,然而并不是一个人,身旁还随行着三四个。桂英边走边用手指着我车停的方向。我妈看了我一眼,问我:"你猜你外婆在说什么?"

是啊,桂英在说什么呢?还需要猜吗?我看见我的外婆桂英姑娘,笑呵呵地朝我们走过来。她的背已经有些驼了,但她依然走得虎虎生威。我想象着她骑着她的老伙伴三轮车回乡下种地的样子,跟她的女儿争夺旧物品所有权的样子,在小区里讲述我们又带她出了趟远门的样子……大概都是这样倔强又骄傲吧。

真的,我一直以为桂英姑娘们早已是山河故人,没想到她们依然是江湖儿女。

"四代女团"出行记

老实说，我们家的娱乐方式蛮土气的。但凡有点假期，就想着一群人出趟门，近门远门都可以。不过这一群人也有点特殊，性别全是女。具体说来就是我带着我妈和我小姨，她们带着她们的妈，然后再加上我的女儿，老幼俱全，浩浩荡荡，像古时候的氏族出行。

这其中的核心人物当然是我的外婆桂英姑娘。她虽然一把年纪了，但又能骑三轮车，又能种地，还能在家附近的观音庙里排个值班理事。这样的好身体不带着她多出去走走属实有点浪费。于是这些年来，我们这五个人的微型旅行团不知不觉间，竟也走过了江浙沪和通城本地的各个县市区。

五人团的分工很明确。我大概是个策划人、导游或者司机之类，我小姨负责传达出行精神和协助我，我妈主打不是很情愿但是也可以接受，剩下一个小孩负责没心没肺地开心。

每次出门前，我都会发个信息给我小姨："你跟桂英说一下，过几天带她去××。"

我小姨就到桂英家，把她到时出门要穿的衣服一一搭配好，放在床边，又再三叮嘱不可私自乱穿衣。桂英的外出形象都交给我小姨负责，虽然她每次都认真负责地将衣服选好交给桂英，但有几次，桂英还是不管不顾，主打她的穿衣原则，怎么难看怎么来。

有一年去苏州，我们在小区门口等她，看到桂英拎着小包一路打着招呼快乐地走出来，穿着三件翻领，手腕上还露出一大截紫红色的秋衣袖管。我们当场被她这副可怕的打扮给震惊到了。

我欲言又止，我妈唉声叹气，我小姨则恼怒异常："不是叫你穿那套的吗？你穿成这样像什么！"

桂英很不服气："怎么了，这不挺好的吗，去庙里值班我都这么穿！"

老天爷，我小姨气得要命："去庙里跟一群老头老太打牌跟我们去苏州园林能一样吗？"

桂英争不过她女儿，不发一言地上了车。我小姨朝我做了个口型：老太生气了。

一般这个时候，只有靠我出马。我一边开车一边跟炸了毛的老太说："桂英啊，你90岁生日快到了吧？我们正准备把你这些年出去玩的照片都放给你亲戚们看看呢，到时你这神奇的三叠领加棉毛衫袖子出现在镜头里，确实是丑了点吧？"

后视镜里，桂英把露出来的袖管开始往里塞，一边碎碎念着："也没那么丑吧，还是新的呢。"

"怪我，应该提前给你买件中袖打底的。"要迅速扭转局面，我知道还得再下剂猛药。

果然，桂英一听我又要再给她买衣服，立马坐正身子，音量提高了八度："我跟你讲，不要再买了……"

好了，大功告成。接下来按照流程，就是桂英劝说我不要浪费钱乱买东西了。

桂英的能量复活了。车里又充满了欢乐祥和的笑声。

我们这样一个女团每逢出行，拎行李也是很热闹的。东西当然是我们分着提，桂英只需要拿着她的小拎包跟着就行。但人家也是妈啊，当妈的就不会不管自家的孩子。常常走几步，桂英就想从她两个女儿手中抢过一只包，"我来拎一个！"

"少烦吧你，管好自己就行！"两个女儿当然不领她的情。

过了一会儿，我妈想帮我拖箱子，我甩开她的手，"自己来，你带好你妈！"

作为母亲链的一环，大概都逃不开被嫌弃的命运。所以我克制自己，小孩的行李就让她自己拿，绝不会开口说"我帮你"。

前几年桂英参加了她妯娌的 90 岁生日宴,回来跟我们讲:"他们今天请了个主持人,大孙子当代表发言了,摆了十五桌,喝的酒要好几百一瓶呢。"

我们故意笑笑,不发表意见。

桂英"哼"了一声,"排场这么大做什么呢?我到时候可不要这样。"

作为一名资深的小区炫耀家,桂英姑娘此刻说的话,我们当然都不会信的。

两年后,桂英的生日宴上,我在主持时放了一段 PPT,是这十年来带着桂英四处行游的照片和视频。据说此高光环节在两天内传遍了桂英的小区,当然还有我那位大奶奶的小区。

今年的中秋节,我们这个女团准备去趟如皋喝早茶,约定的时间是早上 7 点。6 点 20 分,有人摁响了我家的门铃。

"谁啊?"我妈问。

还能有谁呢?当然是那位昨天晚上说着嫌烦不想出门实际上提前 40 分钟就到的桂英姑娘了。

可我爱所有的桥啊

冲

这段日子以来，很多事都被按下了暂停键。朋友对我说，少出去跑啊。其实我一年中出去跑的时候并不多，大多都跟工作有关。但现在的确也真的没法出去跑了。

那就深宅在家吧。宅到某些时刻，也会想起一些曾在外面如何跑的情景，有趣的就多回忆一点，无聊的就一想而过。想起它们的时候，就如老年人窝在藤椅里晒太阳，姑妄言之姑听之，豆棚瓜架雨如丝。

想到最多的，是几年前在日本。当时又穷但又很想出去，就跟同事徐老师还有另外两个朋友一起报了个团。这是个如假包换的低价旅行团，为了省住在市区的住宿费，每天不管外出去哪里，晚上必定要把我们拉回安静至极的郊区，没准还是村镇之类。因为有时想出去吃碗拉面，都找不到地儿，只有远远的一家 24 小时营业的便利店在空荡的夜里亮着灯。

但我们当时好像也管不了那么多，反正每个晚上都得花很长时间呆在房间里整理当天买的东西，并且考虑明天还要再买的东西。像大多数第一次去日本的国内女性游客一样，我们当中不管是谁，只要稍微流露出一点"要不就不买了，算了"的表情，另外三个就抢着说："没事，钱不够先刷我的卡！"

我们就这样互相监督，互相鼓励，把 8 个行李箱塞得满满当当。

终于有一个晚上，导游安排我们住在了城区。放下购物袋，徐老师说，买累了，今天去尽情地喝点小酒吧。

一路看到各栋精致或朴素的小房子，靠着仅有的几个汉字也能认出来都是居酒屋。走了一阵，看到一家，也不知当时是被什么吸引了，总之四个人都停下脚步，决定就是它了。

但要进去还是得派一个人走在前头，至少要跟老板打个招呼，问问有没空位子之类。徐老师是我们当中英文最好的，我们都推她，但她扭扭捏捏。实在看不惯，我只好说："要不我先进去，你们跟我后面，看有什么我应付不来的，你们帮我接下去。"

她们满口答应。我像大力水手一般，"啪"一下推开了门。

一进去我就后悔了。外面看没有任何车辆停驻的小酒馆里，竟然满满都是人，围成长餐桌型，正小声而热烈地喝着酒。

看样子是公司的年会聚餐没错了。

我的突然闯入把喝酒的人吓了一跳。我这才发现小酒馆的构造有点像舞台，聚餐的人们都在池中央，而我，一个人突兀地站在比他们高的台阶上。

很多很多的目光诧异地投过来，当然目光中的诧异是我猜的。12月的冬夜，我眼镜镜片的清晰度只够支撑我看到了满屋子的人，热气迅速将俩镜片熏得一片白茫茫。

我是谁？我在哪？我为什么要进来？我晃了晃戴着模糊镜片的脑袋，企图找到居酒屋的老板。我想找到他，求他来救我。

可没人站出来。我只能感觉到一屋子可怕的忽然安静下来的安静。

我忽然想起来，我还有伙伴。我转过身，朝她们喊："现在怎么办，谁来说一下啊？！"

我的三个小伙伴默默地站在我身后，一声不吭，像是努力配合我表演尴尬的合格的演员。

虽然我早就知道这群女人靠不住，但关键时刻，没想到她们竟然如此靠不住。

我只能跟被我惊到了的邻国友人们点头表示歉意，"Sorry, sorry……"

出了门，她们仿佛灵魂忽然归位，拉着我诚恳地向我忏悔。当然我一个都不宽恕，一路"骂骂咧咧"回到酒店。

所以要说在日本的那一周有什么最遗憾的事，大概就是没能在本土的小酒馆喝点清酒，吃几块天妇罗，顺便再吃上一大盘的烤鳗鱼。

不知道为什么，后来每次想到那趟日本行，最记得的不是富士山的雪，不是银座的购物，不是奈良的小鹿，而是我孤独地站在那间还不知道名字的居酒屋里，感受到的类似"拔剑四顾心茫然"的失意情绪。

要是问问我的朋友徐老师，也许她会说，是在成田机场拿错了别人的行李，她不得不坐着新干线穿越了整座城市去把属于她的东西拿回来。

后来读到一句话说，美照只是人生的偶然，丑照才能见证我们的成长。

我好像有点明白了，为什么想起那年的日本，最记得的不是那些快乐欢畅的时光，而是个别无法被喜悦所招安的时刻。

所以我很怀念它。

在不能出去跑的日子里想起那些曾在满大街满世界转悠的自由，有一种特别的酸爽。虽然我并不是多爱奔腾的人，但世上有很多人是；虽然很多人跋山涉水，但我没经过，它们就不是我的。

可我爱经过的一切道路，爱所有的桥啊。它们是这热烈的世间存在的庞大证据。

此刻，我跟很多人一样，好好地待在家，自觉地束缚形体，读很久以来一直想读的书，看起来也不错，是庭院深深终于能知道深几许的自得。但如果可以，我还是祈祷和希望，有一天我们都能踏出这片方寸，在风的世界里重新感受风，在人群中重新感受人。

愿我们都像杜牧在扬州，夜夜翻墙，一头扎进这酒酣耳热的嘈杂人间。

笔到眉低处

仅向岁月微低头

198

低眉

我跟别人的交往，一般是这样的。如果是比较熟的人，我喜欢他们喊我一些我内心很喜欢的称呼。比如，低眉就喊我"蓉姑娘"，有时喊我"蓉哥儿"。

我都笑嘻嘻地应，内心很欢喜。

如果比较熟的人慢慢变成更加熟的朋友，我就会自制一些对他们的专属称呼，我乐意叫的称呼。就像有时我喊一些朋友为大师，或者称呼李晓琴为"低眉"。

这其实压根没任何原创性。因为李晓琴就是低眉。两个名字都不是我取的，甚至"低眉"作为一个文学圈的笔名，可能比知道"李晓琴"的人更多。我竟如此随大流，跟着众人称呼同一个名字，似乎也不大符合我内心一直想特立独行的那点小心思。

但对于低眉这个称呼，我好像也心甘情愿地随众。

这也不能怪我。实在是因为低眉的文字太好了，好到我觉得"李晓琴"这相对来说比较朴素的三个字，和它们不太匹配。只能二选一，叫她低眉。

低眉的文字怎么个好呢？

这么说吧。譬如吃白水煮蛋，有人喜欢清蘸酱油，但对我来说，还是喜欢香菜、蒜末、海鲜汁、小米辣和糖醋叠加的那种。饶盐饶酱五味足。

低眉的文字，就是这样的一种存在。

不过我首先欣赏她的，是因为这是一个有明确方向感的写作者。

从她前些年写"如东方言"系列起,她就把目光长久地凝视在生养她滋养她的那片大地上,那些目光甚而都长出了触角,纵横伸向方言土语的文化与情感的深处。

这其实是很难得的。我身边一些写散文的女作家,大多能心有所感,笔到意成,但鲜有人能有计划有目标地对某一项主题或内容进行长久而深刻的关注与审视,将之列为自己这一年甚至是几年来的写作方向。因为你并不知道这花费了你诸多时间与精力的文字能不能有保存的意义,或者说,它们在你自身的写作谱系中有什么价值。我们大多数人只会感念当下的这一瞬,哪怕将之定格成永恒。但低眉偏要推门望月,朝退潮的方向走,往不那么光亮的地方去。

说到底,这是一个有写作野心的女作家。

"野心"在当今的汉语词汇里早已不是一个贬义词,它意味着规划、筹谋、方法和途径。写作的人多多少少都会有点自己的野心。你要问我有没有,我当然也会有,但我不敢说,因为我知道自己还不具备跟我的写作野心相匹配的实力。

但如果你问低眉她的写作野心是什么,她会说,总要在文学历程上留下点什么。这不是我杜撰的,在她写她师范老师的一篇文章里,她气宇轩昂地这样宣告过。

我觉得这样很好,够爽利,够脆实,也够劲道,很麻辣鲜香。

果然,一个人文字的味道最终也会反映在她的文学理想上。

这些年我看过低眉的不少文章。最有史料价值和乡村印记的,大概是她的"方言"系列,当然我看得并不全,零零散散的一些。写"如东方言"的低眉是如东人,我不知道她在背后对本土方言研究花了多少气力,但我想,她一定十分勤奋,否则她不会把如东方言的前世今生写得透亮又缠绵。

她写"杀馋"就是好吃的意思,非常好吃,好吃得没魂,好吃到能把人骨子里的"馋"全都杀掉。

她写"郭刀儿":"郭"与"刀"这二老,作为有具体指向的实词,在这个无厘头的组合里,都已虚化堕落,语焉不详,仅用来表音,可以用来替代故事、皮话、笑话。

写"上":我曾生活的乡下把不孝公婆、不疼子媳、蛮横武叉、不懂人事的行为,叫"不上线"。瞧!做什么事都要有一个线的,它是我们为人处世的底,我们做事必须要依着这个底,向着这个底。一个"上"字,直观地描绘了在为人处世的过程中,对于底线和主流价值的追寻,人心向上的力量显露无疑,很主动。

这些,若没有翔实的田野调查与实际体验,没有蹲下身子俯进乡野农田,没有对土语乡音的深情凝望,她不可能把这些看起来土土的字词闲说到"豆棚瓜架雨如丝"的家常境地,但又透着一股"诸位看官,且听我细细道来"的隐隐自得。

这种"我知道我写得还是有那么一点点好"的小傲娇，加上"我知道我还不是特别好所以要更加努力"的些许焦灼，构成了低眉写作时的心理架构。所以她一直在寻求突破，她不满足待在自己的舒适圈里。她写"方言"系列写到获奖，写到出书，但她并不打算继续限定在语言文化中，甚至也不打算写语言系列的周边。我曾经以为她会进一步写乡风民俗，写古村镇考据等，但并没有。她转眼又把目光和兴趣放在了植物上。

低眉笔下的植物，并不同于很多人写到的那种作为怡情养性的客观对应物，她不想那么雅致，她要俗一点，更俗一点。她写的植物大多是些日常不会多注意的飞蓬、棉花、鸡冠花、薄荷、地肤子们。它们本质上跟你左邻右舍的三姑四婶、五婆七大爷们没什么不同，它们是凡俗的，是日常的，是泼辣的，但也是懂得疼人的。

"不玩玄的，就往明白里写。这是好的文风，也是作家自信的标志。"毕飞宇早就这么说过。我是最近几年才慢慢悟出这个理，但低眉早就身体力行了。

你看她写的飞蓬："老飞蓬从秋天的风中摇晃到冬天，又从冬天的风中摇晃到春天。春天的小蓬草生出来的时候，去年的老飞蓬还在风里立着。你简直不能相信，它们俩居然是同一个人。"

写韭菜："韭菜长不起来了，空在那。也因为我割韭菜不一顺，经常挑了割。妈妈说韭菜被我气死了。韭菜有气性的,最恨人瞧不起它。"

写叶下珠:"虽然我已经因为炎夏的酷暑弄得一颈的湿疹,眼睛像孙悟空一样,会喷火,还是不舍得掐了泡茶喝,就这么小可怜的一丁点儿小可爱,无论如何是下不去手的。"

这种腔调与言辞,甚至写作间的呼吸、节奏、步伐,都是从容的,有节度的,家常的。这哪是什么青枝碧叶常在他处做赏玩小景的绿植,分明就是藤牵蔓绕,勾肩搭背,"开轩卧闲敞""把酒话桑麻"的乡里乡亲啊。

你对它有情,它就对你有意。

世间的情意哪里只在人与人之间。人与草木之间的这份怜惜、惊骇、体己,甚而是爱怨交织,同样是身而为人立在世上的一份沉甸甸的珍重与牵挂。

这些年,因为工作关系,跟低眉常有接触,当然大多数仍是在文字中。审稿会上,到低眉时,她的责编会说,这是低眉的。

哦。大家就都纾一口气。

Over。过吧。

写吧。低眉。你不需要别人为你指路,你自己手中就提着一盏灯,它为你照亮了所有那些值得你低下眉头去看的道路、田野、声音和面庞,以及它们背后的故事。祝你在文字的河流中顺流而下,逐水而居,逆天改命。

我想跟一座山说抱歉

走过

她开始谁也不看,风景也不看,闷着头只往前走,走也走得很吃力,只能叫缓慢地攀爬,毕竟这是在庐山,那条该死的著名的瀑布听说还在一千多级台阶之上。

她不喜欢爬山,连家乡平原上微微耸起的那座一百多米的狼山也不大愿意去爬,这可能也是她此生无法成就什么大事业的原因之一。毕竟登高才能望远,但没办法,她就是这样一个厌恶登高的人。

那个惹了她更起了厌恶之情的人,默默走在她的侧后方,不远不近地跟着。她不说话,他也就更不好说话。其实之前他也尝试着跟身边黑着脸的恋人解释,那句惹恼了对方的话并不是她以为的那样,但她并不听。

她想,管你是什么本意,我就是要照着自己的理解来。

后来,在那天的瀑布脚下,如果有人用心注意一下,应该会看到一个冷着脸的姑娘和一个沉默着时不时看着她的男生,两人以一种诡异的方式沉默共处着。那个男孩还试图提议给姑娘拍张照,冷脸的姑娘不发一言,执拗地站在完全不配合的角度,喝着矿泉水。

"疑是银河落九天"的瀑布哗哗地冲下来,阳光并不耀眼,没看到什么紫烟。她靠在石柱上喝着水,想:"就为了看这个鬼瀑布,爬了一路的山,堵了一路的气,老子这辈子都不会再来了。"

她看着这次采风行程单上"庐山"两个大大的字叹了一口气,但她无法推却,她是活动的组织者。

收拾行李箱时，她把放进去的运动鞋又拿了出来。到时就在山脚下坐坐吧，或者只跟半山腰的岩石打个照面，把山顶的无限风光让给他们，她的同伴会很傻眼。她想，她会在某一块石凳上平心静气地等那群爬上去的同伴，但不准备听他们讲山顶上的故事。

这些话是一个叫西川的诗人写的，她记得很牢，并且准备把它们编排进在庐山那天的朋友圈。

很好。她自嘲地笑笑，看来对于庐山，她不仅活在自己的记忆里，还即将活在别人的句子中。

带队的领导看出了他手下这俩女的，一个比一个认怂的样子，很适时地抓住了她，亲切地跟她交谈。

"这么有名的山，你们写作的人不都很喜欢吗？"

"我不是什么写作的人，我是为写作的人搞服务的。"

"你可以边爬山边构思，回去后写一篇游记，名字我都给你想好了，和你相当贴切——周游庐山。"

"哈哈哈哈"，她累极反笑，"恐怕我只能写周游庐山脚。"

领导迈上几级台阶，俯视了几眼她和那位比她更蔫儿更想直接放弃的同伴，做了一个英勇的决定——

"把你们的包都给我。相信我，一定能爬得上去。"

她和同伴对视了一眼，几秒后，带着一些愧意把两只重重的双肩包给了领导。

她两手空空，在细雨中朝蜿蜒的山路尽头望去，她忽然在心中鼓起了一些热望，为了不辜负领导的背包之恩，她决心改写西川的那首诗，她不再满足于仅跟半山腰的岩石打个照面了，她会爬上去，最终会再和李白看到的那条瀑布打个招呼。

她当然想起了多年前的那个夏天，那个被她冷落了一路的家伙，不知道他的心中会不会跟她一样，自此落下了那么一点带着矫情的创伤后遗症。至少对她而言，这些年，她几乎已经忘记还曾来过庐山。

"我本楚狂人，凤歌笑孔丘。"

她十几岁的时候第一次读到李白的这两句，就被吓住了。古诗还可以这样写啊，上来就如此自大自狂，豪气冲天。

这个自大又自信的诗仙后面写的两句"黄云万里动风色，白波九道流雪山"，被她在写景的作文中多次引用，语文老师夸她用典灵活。她很高兴，想着有一天，总有一天，得去真山看看。

她没想到的是十多年后，第一次爬庐山，却以满腹的恼怒结束。她跟庐山结下了梁子。

此刻，她已经爬了一大半了。包被领导背过去之后，整个人轻松了不少。她在雨雾中看着这座曾被她单方面定义为结下了梁子的山，其实还挺耐看的。潮湿多雨的季节，整座山的确有"云山海上出，人物镜中来"的缥缈感。那个谪仙老头怎么这么会写，把她想用一千字描述的东西被他轻松十个字就打发了。天才不让凡人有活路，她又崇拜又嫉妒。

她们终于爬到了瀑布下。领导朝她俩挥了挥手，看，三叠泉到了，你们可以去拍照了！

等等，三叠泉？不是她一直以为的香炉峰瀑布吗？

她大吃一惊。她也是抱着与旧日记忆握手言和的决心奋力爬上来的，没想到，她猜中了开头，却没猜到结局。

但她立刻就在心中暗笑了。傻子，你在这一路的爬山中，不早就原谅了当年那个任性的自己，顺带也向那个被你凶了一路的倒霉家伙道了歉，向被你记仇了很多年的庐山道了歉。

其实，他是好的。

它更是好的。

是美的。是空灵的。是值得你一来再来的。

春到人间寂寞知

远方

《晚春》是作家三三近年来的一部小说集。91年出生的女作家，9篇小说，不同的开局，不一样的结尾，但萦绕其间的明昧不定、孤冷淡寂之感却有着某种奇异的相似性。让人想起双雪涛说的，"对于写短篇小说的人来说，情节不是最重要的，而是故事之外的东西，比如氛围。"

　　在《晚春》里，这种氛围有着相当程度的一致性。不过在捕捉故事集的整体氛围之前，我们可以列数一下集子中多篇小说的大致情节，因为从中我们可以勘探到另外一个显明的共同体。

　　《即兴戏剧》里写三个朋友去北京郊外爬山，"我"讲了一位朋友写小说的事。《开罗紫玫瑰》里，男主人公"陈缜"一直在网络世界里——众所周知，豆瓣在互联网的各大平台中，一直是以"文青气质"胜出的。无独有偶，在《黑暗中的龙马》里，"我"和一位男性友人相约同游，"我"也跟他讲起有位情人兼朋友"X"写小说的事。

　　如果把故事中的某位角色写小说作为一个核心事件加以提取的话，我们会发现，在《圆周定律》中，这样一个角色又出现了。这次，她直接以律师兼作家的身份"三三"出现。我们当然不能把故事里的"三三"与写作这个故事的作者"三三"等同视之。事实上，有些小说家似乎就喜欢做一些这样的叙述小动作，让与作者同名之人堂而皇之地作为小说中的角色出现，或者干脆直接作为叙述者出现。对于读者来说，有时不啻是一种试听与想象的多重混淆。而我们可以揣测的是，小说作者也许就乐见其成地躲在故事背后，看读者为其虚构的世界试图捋清一个来龙去脉。这样的小说家多少是有些狡黠的。

或许，三三也不例外。当然，我们也可以认为，这样的一种叙述方式，其实是作为写小说的人，那种与生俱来的想要在任何地方任何人面前讲一个故事的强烈愿望的技术性处理。我们理解小说家想要讲一个故事的激情，不过是与这种热望相随的，也有可能是一种害怕被人知晓但又渴望被人知晓且承认的矛盾、纠结、畏缩与展望。种种不可思议的复杂情感在小说中相互交织，共同成为推动故事情节前进的内生动力。

《圆周定律》里，女主人公"三三"用律师的职业身份与当事人任天时用邮件沟通却沉沙折戟，但在她换用了作家身份的情形下，很快如愿与任天时接上头。一个被大众所不理解的自视为天才的人，选择了"作家三三"而不是"律师三三"与之交流，像是某种隐喻。它意味着，在高蹈的狂热的想象力面前，虚构的探秘的书写力或许是它最引为同道的知己。然而，小说的吊诡之处却在结尾处才精彩地彰显——多年以后，当"我"还在为自己对任天时含混又肯定的态度而自觉愧疚时，任天时却用比小说更虚构更夸张的笔法，拟了一篇最新的博文。在那篇博文里，他写道，"知名作家三三认为他是一位终将超越时代的天才"。

故事到这戛然而止。当然无须再往下细述。《圆周定律》

固然有其他更多的阐释角度，但就"写作的意义"这一探析维度而言，此故事不失为一篇让人怅然深叹的反讽之作。在某种意义上，它借用任天时对虚构写作的模仿来消解写作之于"律师三三"和"作家三三"的意义。以虚构来对抗真实，或者，以虚构来重构自我存在的价值，对已经退守到现实世界悬崖边上的任天时来说，或许他也已经别无他法，这是他确定自身存在意义的最后一根浮木。小说的女主人公"三三"几想落泪，除了惊愕，终归也会有对任天时此举的一丝怜悯与痛惜。

  写作对人生而言，究竟是一种有情有义的联通，还是翻云覆雨的背叛，三三在《圆周定律》里似乎说了，却又似乎没说。原来姹紫嫣红开遍，却又都付与断井颓垣。且留待读者自己去体会罢。

  如果说《圆周定律》是三三对写作意义的一种含混的暧昧的嘲讽，那么《即兴戏剧》大概算得上是一次相对最为正面与积极的回应。这篇小说乍看是"吴猛"写小说的经过掌控了整个叙事进程，然而到故事结尾处，出现了精彩的反转——当我们以为是叙述者"师姐"在讲述"吴猛"创作过程中的种种焦虑与崩溃时，故事结尾却借一篇《创作谈》告诉我们，真正的叙述者是"吴猛"。他躲在"师姐"的叙述人物背后，写下他真正意义上的一篇小说。小说题为《即兴戏剧》，我们有足够的理由怀疑，作者在写下文章正文的最后一行字时，也许并没想给这个故事安排一个反转的结尾，是故事的标题启发了她，这必须得是一出富有戏剧性的故事才能与标题的气质相匹配。又或者，是作者写下整个故事的最后一行字时，才想到要为它安排一顶最合适的文帽。《即兴戏剧》的标题由此而生。

当然，我们不是作者，无从真正得知整个故事集中，题目与故事的适配度最完美的一章，作者写下它时是怎样的谋划，怎样的构思。揣摩的结果有可能与作者的本意南辕北辙，但又有什么关系呢？写作的本质在于表述自己对世界的理解与想象。同样，阅读的本质某种程度上，也正在于表述自己对作品塑造出的那个世界的理解与想象。正是在此意义上，《即兴戏剧》这一篇，很有可能会成为读者与作者达成情感共识的最佳载体。毕竟，讲故事的人讲出一个好故事，看故事的人说我懂你的好，二者之间的良性对话与情志的交流交融，使得小说实现了如美国作家艾丽卡·瓦格纳说的那样，"好小说在最后一页结束后还在继续"。

另一篇同样指涉写作与人生的交互意义之作，是《黑暗中的龙马》。《黑暗中的龙马》写的是女主人公小宁跟朋友编辑小马相约去草原骑马，她向这位在杂志社任职的朋友推荐了她的另一位朋友，或者叫隐秘情人 X 的小说《只要吃了唐僧肉》。故事的梗概是《西游记》中的白龙马一心想着有机会能吃到唐僧肉，作为对自己命运的一种抗拒、反叛，抑或是一种救赎。最后，患有抑郁症的小宁在草原上骑着一匹真正的白马飞奔，从身体内部流出来的热血淌了白马半身，但她却感到自己的身体无比畅快，所有嫉恨过的往日终于被抛开。在这篇小说里，那个始终不知道名字的男人X，对他那篇尚未能发表的作品《只要吃了唐僧肉》，表达了狂热的自信，认为他将蹚出一条前人未曾走过的路。在它仅有的读者小宁看来，故事的写法似乎不够严肃。而专业编辑小马则一针见血地指出这个故事的核心缺陷——它可能只是一种情感和意念的宣泄而非一个故事，他劝小宁试着写作，认为小宁有更好的写作才华。

那么问题就来了，作为一个被编辑认为是有写作才华的人，小宁的做法却是"不写"，但努力推荐X的那篇小说。这又是何苦？作为一个知道小宁在人生的暗局中兀自挣扎的人，小马的提议未尝不可视作是冷静旁观却不吝伸手相扶的善举。这个善举对小宁而言，如果成真，大概率会是一种成功的自救。但是小宁选择了拒绝。她说："我啊，我的天赋不在写作上。"此时此刻身心已经无限接近于自毁的小宁口中说出这样的话，当然绝不是一种自负，而是一种倦怠，一种放弃，一种似乎随时准备坠入深渊的无望。

故事的最后，小宁身骑白马，在草原上纵情飞驰，那些身体里残破的血液汩汩涌出，将白马染成斑驳的暗红，而她在那一刻似乎也隐隐约约找到了从深渊中崛起的力量。

作为文中不可忽视的"白马"意象，因此也就有了多重隐喻。它既是被侮辱被损害的，也是自我挣扎与自我赋能的；既是男性对权欲世界的张望与渴慕，也是女性对弱者之境的体察与共情。它的多重面貌暧昧交织，但作者似乎并不想辩驳厘清。与其说是未能，不如说是不想。这份"不想"是作者的不忍与体恤，也是她的会心与懂得。说到底，女性从自我觉醒到精神自立，从囿于牢笼到发出酣畅的疾呼，从头至尾，最可怙恃的只有自己。只有自身的血肉、精魂主动从深渊中挣脱，并且在与这个以男性力量为主导的世界对视时，不再臣服，拒绝仰望，而是决绝地开始行动，以行动力自证对之前所有主动或被动静止的否决。

尤其值得注意的是，对人生的困顿、暴戾、黑暗，这份决绝又并非是一味地回避与逃离，而是选择与之搏斗，甚而是厮守、共存。小说结尾前的那一段，"她猛地跳上白马，撒松缰绳，双腿对马两侧的肋骨发动凶狠一击，白马尖利地嘶鸣，几乎出于本能，白马竭尽全力往前飞奔。她不由腾起一股畅快，使她的肢体如花瓣。白马越跑越轻盈，嘘气成云，乘风上天。她用手轻抚杂乱的鬃毛，她能摸到马脖子下滚烫的鲜血，那条绕着淋巴涌流的红河深河。谢谢，她在心里说。"对小宁而言，从含含糊糊为 X 的那篇《只要吃了唐僧肉》向马编求情，再到拒绝马编让她写作的建议，写作在这里，已然失去了在前两个故事中或浓或淡的生存价值。在更大的颠仆面前，在理想与幻灭的夹缝之间，文字没有能力再成为演义生命磨难与传奇的最佳寓言。相反，它也许只会成为逃避及耽溺忧伤的场域。

当年鲁迅在《而已集》中就说过："文学文学，是最不中用的,没有力量的人讲的;有实力的人并不开口,就杀人。"无独有偶,九十多年后的上海,先生的后辈三三也借《黑暗中的龙马》写下文学的虚妄与无力。甚至更极端一些,"小宁"以对写作的弃绝"杀死"了那个曾长久困在黑暗梦魇中的自己,她与白马合体纵情驰骋的那一刻,或许也是她真正弃绝了自己的苟且偷安,从而投身生命丛林的英勇壮举。这才是"白马"们的世界,是人兽并存的世界,是"小宁"们的世界,也是"我们"的世界。惨烈中有温柔,至暗处萌发重生的喜悦。类似于尼采说的:"你得包含着混沌,才能生出一颗活蹦乱跳的星星。"

"写作之于人生的意义",这本故事集中反复出现的叙述母题至此完成了它的终结章。从《即兴戏剧》里对写作回馈人生的肯定,到《圆周定律》中对写作含混暧昧的嘲讽,再到《黑暗中的龙马》里对写作拯救人生的颠覆与否决,三三写下那么多文字,落笔尽处,却是对文字对写作的深刻的不信任。以"有心"之举写"无力"之局,面对生命中的无法承受之重,似乎无论怎样书写都难以名状。于是,三三选择了放手一搏,以类似于"三部曲"的口气,逼近自己对人生最难启齿的伤痛与委屈,这样的书写,已经是带有自苦,甚至是自虐的性质了。

与这种隐痛书写相对应的,是三三笔下的女性少有的那种明媚纯净、热烈刚健的气质,更多的则是一种如烟如雾的无可无不可,被伤害了也能努力自愈自洽的清冷与孤绝。《巴黎来客》中Lou看似游戏人间,却珍爱朋友。但阴差阳错间,仍先后与少年时的好友孟书婷、留学时的好友孙明磊相继离散,而后者的一次疏忽对她在巴黎的生活几乎造成致命的打击。多年后,两人重逢,Lou孑然一身,她在原谅了孙明磊之后决意再回巴黎。Lou的身上蓄满了那种纵然长卧泥潭却仍能奋力自起的劲气,但这股劲气又并非全然地稳妥而健康,它几乎是一种乱七八糟的杂烩:不服输的谎言、乔扮身份的奢靡、视若珍宝的友人书信、荒唐的婚姻、对恶友的报复……这不是一个纯良少女,她几乎就是一朵巴黎的"恶之花"。《无双》中,这种冷清孤绝气质的女性角色变成了"焦逸如"。三三状写焦逸如与一位年长男性之间几十年的情感拉扯,若有似无,藕断丝连。而这种情感的牵绊以绘画艺术作为附着点,这其中就隐然带有了一种艺术本身所含的那种"道可道,非常道"的朦胧,更有一种只可意会不可言传的神秘与疏离。小说最后,面对三十年后终于现身的男性友人,焦逸如隔门看了两眼,转身离去。

　　三三写两性关系的细密曲折,写女性的不安与自尊,妥协与放弃,此间的种种起伏磕碰,有情之人读来大概都有所不忍。小说集里的九篇故事,并不以情节曲折取胜,或者说,三三的落笔点并不在情节的新奇诡异中,她似乎更想追根究底,探勘那些女性的虚荣与冒险,世故与脆弱,繁华与凄清,究竟因而何来,又能抵达怎样的深度。

从这个角度看,《晚春》的故事就有了社会学式的纵深,它不再仅仅是"焦逸如"们的成长故事,更是一类知识女性的青春期造像。三三正是借着这九篇故事,书写个人所理解的时代更迭,个人在世间的自处以及与他者的勾连,彼此之间是如何以无可奈何却又孤注一掷的方式,造就了一座座恍惚、迷离、颓废而又虚妄的城堡。

这是属于三三这代作家的城池,千言万语还等着她继续搬弄排比,且待她继续为我们创造文字奇迹。